PENGUIN
EDITION

Große Emotionen, große Dramen, große Abenteuer – von Austen bis Fitzgerald, von Flaubert bis Zweig. Ein Bücherregal ohne Klassiker ist wie eine Welt ohne Farbe.

Anton Tschechow (1860–1904) studierte Medizin und arbeitete für kurze Zeit als Arzt, ehe er sich ganz dem Schreiben widmete. Seine erste Erzählung wurde bereits 1879 gedruckt. Schon zu Lebzeiten erlangte er Ruhm mit atmosphärisch dichten und sprachlich feinen Erzählungen. Im Alter von nur vierundvierzig Jahren starb er an Tuberkulose. Er gilt heute als einer der größten Meister der Kurzgeschichte, und seine Dramen (*Drei Schwestern*, *Der Kirschgarten* und *Onkel Wanja*) gehören auch an deutschen Theatern zum festen Repertoire.

«Es gibt in der gesamten Weltliteratur wenige Novellen, die so stark auf mich gewirkt haben.»

Arthur Schnitzler

Anton Tschechow

DAS DUELL

Novelle

Aus dem Russischen übersetzt
und mit einem Nachwort von
Anne Bock

PENGUIN VERLAG

Die Originalausgabe der Novelle erschien 1891
unter dem Titel «Дуэль» in einer Literaturzeitschrift.

FSC www.fsc.org
MIX
Papier | Fördert gute Waldnutzung
FSC® C014496

Penguin Random House Verlagsgruppe FSC® N001967

1. Auflage 2023

Umschlaggestaltung: Regg Media in Adaption der traditionellen
Penguin-Classics-TriBand-Optik aus England
Satz: Greiner & Reichel GmbH
Druck und Bindung: GGP Media GmbH, Pößneck
Printed in Germany
ISBN 978-3-328-11075-0
www.penguin-verlag.de

I

Es war acht Uhr morgens. Um diese Zeit pflegten Offiziere, Beamte und Kurgäste nach drückend heißer Nacht im Meer zu baden und anschließend im Pavillon ihren Kaffee oder Tee zu trinken. Iwan Andrejitsch Lajewski, ein junger Mann von etwa achtundzwanzig Jahren, blond, überschlank, die Mütze des Finanzministeriums auf dem Kopf, schlenderte in Pantoffeln zum Strand, wo er eine Menge Bekannter und auch seinen Freund, den Militärarzt Samoilenko, traf.

Mit glatt rasiertem, mächtigem Schädel, gewaltiger Nase und buschig schwarzen Brauen im roten, von grauem Backenbart umrahmten Gesicht, kurzhalsig, dick, das heißt eher aufgeschwemmt, und zu allem Überfluss mit heiserem Militärbass ausgestattet, wirkte dieser Samoilenko auf jeden Zugereisten zunächst einmal wie ein höchst unerfreulicher Rauf- und Saufbold, doch empfand jedermann schon nach zwei bis drei Tagen das außergewöhnlich Gütige, Liebenswerte und dadurch fast schön zu Nennende seines Gesichts. Bei all seiner Grobheit und schwerfälligen Art war er ein friedlicher, grenzenlos gutmütiger und hilfreicher Mensch. Er duzte das ganze Städtchen, pumpte jedermann Geld, kurierte, brachte Ehen zustande, versöhnte, je nachdem; auch veranstaltete er Picknicks, wobei er Schaschlik briet und eine besonders schmackhafte Suppe aus Meeräschen kochte. Immer setzte er sich für irgendwelche Schützlinge ein, immer fand er Grund, sich an etwas zu freuen. Man war sich einig: Dieser Mann konnte nicht die geringste Sünde tun. Nur zwei kleine Schwächen besaß er: Einmal schämte er sich seiner Gutmütigkeit und tat alles, sie unter recht grimmigem Blick und jäh aufbrausender Grobheit zu verbergen, und dann liebte er es, von Sanitätspersonal und Soldaten mit «Euer Exzellenz» angeredet zu werden, obwohl er nur Staatsrat war.[1]

«Alexander Davidytsch, du sollst mir eine Frage beantworten!», sagte Lajewski, sobald er und Samoilenko bis an die Schultern im Wasser standen. «Gesetzt den Fall, du verliebst dich in eine Frau, lebst mit ihr, sagen wir mal, mehr als zwei Jahre. Schließlich kriegst du sie satt, wie es so geht, und zuletzt ist sie dir ganz und gar fremd. Was tätest du?»

«Klarer Fall. Lauf, Liebchen! Wohin du willst! – Jedes weitere Wort überflüssig.»

«Leicht gesagt! Wenn sie aber nicht weiß, wohin? Wenn sie alleinstehend ist, keine Familie hat, und dazu keine Kopeke, und nichts gelernt?»

«Und …? Wirf ihr entweder fünfhundert auf einmal in den Rachen oder fünfundzwanzig monatlich! Aus! Ganz einfach.»

«Nehmen wir mal an, du *hast* fünfhundert auf einmal oder fünfundzwanzig monatlich. Aber die Frau, von der ich rede, ist klug und stolz. Kannst du so einer tatsächlich Geld anbieten? Und wie?»

Gerade wollte Samoilenko antworten, da schlug eine starke Welle über den beiden zusammen, brach sich am Ufer, rollte mächtig rauschend über den Kies zurück. Die Freunde gingen an Land und zogen sich an.

«Natürlich ist's schwierig, mit einer Frau zu leben, wenn du sie nicht liebst ...» Samoilenko schüttelte den Sand aus seinem Stiefel. «Aber, Wanja, du musst die Sache schließlich vom menschlichen Gesichtspunkt nehmen. Wenn mir so was passierte, ich würd's ihr meiner Lebtag nicht zeigen, dass ich sie nicht mehr mag. Ich bliebe doch bei ihr. Bis zum Tod.»

Aber schon war ihm sein Ausspruch furchtbar peinlich, und er sagte nur noch: «Von mir aus braucht's überhaupt keine Weiber! Zum Satan damit!»

Sie waren nun angekleidet, gingen zum Pavillon. Dort wurde Samoilenko als Stammgast auf eigens für ihn reserviertem Geschirr bedient. Jeden Morgen brachte man ihm auf hübschem Tablett eine Tasse Kaffee, ein hohes Kristallglas mit Wasser und Eiswürfeln und ein Glas Kognak; erst kippte er den Kognak, dann trank er den kochend heißen Kaffee und zuletzt das Eiswasser. Die Reihenfolge musste köstlich sein, denn unmittelbar darauf schwammen seine Augen in gleichsam öligem Glanz, und er streichelte mit beiden Händen seinen Backenbart. Dem Meer zugewandt sagte er: «Ganz überraschend prachtvoller Blick!»

In der langen Nacht, in der trübselig nutzlose Grübelei ihm den Schlaf geraubt und die dunkle Schwüle nur noch verdichtet hatte, fühlte Lajewski sich schlapp, zerschlagen. Weder vom Bad noch vom Kaffee war ihm besser geworden.

«Wir müssen unser Gespräch fortsetzen, Alexander Davidytsch», begann er. «Ich will dir nichts verheimlichen. Ich sage dir als meinem Freund ganz offen: Mein Verhältnis zu Nadjeshda Fjodorowna hat sich verschlechtert ... ganz erheblich verschlechtert! Entschuldige, dass ich dich so in mein Privatleben einweihe, aber ich muss mich unbedingt aussprechen!»

Samoilenko ahnte bereits, worum es sich handeln würde. Gesenkten Blickes trommelte er mit den Fingern auf der Tischplatte.

«Zwei Jahre habe ich mit ihr gelebt, und jetzt liebe ich sie nicht mehr», sprach Lajewski weiter. «Richtiger gesagt: Jetzt begreife ich, dass es überhaupt nie Liebe war, sondern Selbstbetrug, zwei Jahre lang.»

Lajewski hatte die Gewohnheit, während er sprach, aufmerksam seine rosigen Handflächen zu betrachten, oder er kaute an seinen Fingernägeln oder zerknüllte seine Manschetten. Er tat es auch jetzt. «Ich weiß ja ganz genau, dass du mir nicht helfen kannst», fuhr er fort. «Aber ich rede trotzdem zu dir, weil für einen Pechvogel und im Grund überflüssigen Menschen[2] wie mich das ganze Heil schließlich im Reden liegt. Ich muss jede meiner Handlungen verallgemeinern können; ich muss Erklärung und Rechtfertigung meines törichten Lebens in Theorien oder in literarischen Typen finden, zum Beispiel darin, dass wir Adligen tatsächlich degenerieren, und so weiter … Heute Nacht zum Beispiel hat mich immerzu der Gedanke getröstet: Wie recht hat doch Tolstoi![3] Wie unbarmherzig recht! – Mir wurde richtig leichter dabei. Wahrhaftig, mein Lieber, ein großer Dichter! Sag, was du willst …»

Samoilenko, der niemals Tolstoi gelesen hatte, sich indes täglich vornahm, es zu tun, bemerkte etwas verlegen: «Stimmt. Alle Dichter sonst schreiben aus der Phantasie, er aber direkt nach dem Leben …»

«Mein Gott!» Lajewski seufzte. «Zu welchem Grad hat uns doch die Zivilisation verkrüppelt! Ich habe mich in eine verheiratete Frau verliebt, sie sich in mich. Anfangs: nichts als Küsse, stille Abende, Schwüre, Lektüre von Spencer,[4] Ideale, gemeinsame Interessen … Welche Verlogenheit! In Wirklichkeit sind wir ja nur ihrem Mann davongelaufen, und wir logen uns vor, wir liefen vor der Leere unseres intellektuellen Lebens davon. Wir haben uns die gemeinsame Zukunft ausgemalt: erst der Kaukasus.[5] Solange wir Land und Leute kennenlernen, ziehe ich die Vizeuniform an und mache Dienst. Und dann kauft man sich in dem weiträumigen Land ein Stückchen Grund und Boden, bebaut es im Schweiße seines Angesichts,[6] legt einen Weinberg an,[7] pflügt einen Acker und so fort. Du an meiner Stelle oder auch dein Zoologe, dieser von Koren[8], ihr hättet vermutlich dreißig Jahre lang mit Nadjeshda Fjodorowna gehaust und euren Erben einen reichen Weinberg samt tausend Desjatinen[9] Mais hinterlassen. Während ich mich bankrott fühlte, vom ersten Tage an. Die Stadt – unerträglich heiß, fad, ausgestorben;

draußen hast du das Gefühl, unter jedem Busch und Stein sind Tausendfüßler, Skorpione, Schlangen; noch weiter weg – nichts als Berge und Wildnis. Fremdes Volk, fremdes Land, die sogenannte Kultur bejammernswert – all das, mein Lieber, ist lange nicht so einfach wie mit Nadjeshda Fjodorowna Arm in Arm, im Pelzmantel, auf dem Njewskij[10] flanieren und von heißen Ländern schwärmen. Hier ist Kampf, nicht nur ums Leben, sondern auf Tod und Leben – und was bin ich schon für ein Kämpfer? Ein erbärmlicher Neurastheniker, und ein Faulpelz obendrein. Vom ersten Tag an war mir klar: Mit tätigem Leben und Weinberg kann ich keinen Hund hinter dem Ofen hervorlocken. Und was die Liebe angeht, lass mich dir das eine sagen: «Mit einer Frau leben, die Spencer gelesen hat – und wenn sie für dich bis ans Ende der Welt geht! – ist genauso langweilig wie mit irgendeiner Anfissja oder Akulina. Riecht genauso nach Bügeleisen, Puder und Arznei. Genau dieselben Lockenwickel, jeden Morgen. Genau der gleiche Selbstbetrug …»

«Ohne Bügeleisen geht's nun mal nicht im Haushalt.» Samoilenko war ganz rot geworden; schließlich kannte er ja die Dame, von der Lajewski dermaßen deutlich sprach. «Hör mal, Wanja, du bist heute einfach nicht in Stimmung. Nadjeshda Fjodorowna ist eine prächtige und gebildete Frau, und du bist ein hochbegabter Bursche. Und wenn ihr auch nicht verheiratet seid» – Samoilenko schielte zu den Nachbartischen –, «schließlich ist's ja nicht eure Schuld, und außerdem … soll man keine Vorurteile haben, sondern mit der Zeit gehen! Persönlich bin ich für die bürgerliche Ehe, jawohl ... aber, wenn man schon zusammenlebt, soll man's auch tun bis zum Grab, meine ich ...»

«Ohne Liebe?»[11]

«Ich will dir mal was sagen. Vor acht Jahren ungefähr war als Präsident hier ein alter Mann. Ganz ungemein gescheiter Mensch. Und der sagte immer: In der Ehe ist die Hauptsache – Geduld. – Hörst du, Wanja? Nicht Liebe. Geduld! Liebe dauert nun mal nicht allzu lange. Du hast zwei Jahre geliebt. Jetzt aber befindet sich dein Familienleben offenbar in dem Stadium, wo du deine ganze Geduld aufbieten musst, wenn du das Gleichgewicht aufrechterhalten willst, sozusagen ...»

«Glaub du ruhig deinem alten Präsidenten. Für mich ist sein Rat einfach sinnlos. Dein alter Mann hat entweder geheuchelt, oder er hat sich tatsächlich in Geduld geübt, und der ungeliebte Partner war ihm für seine Übungen das unerlässliche Objekt. Aber so tief bin ich noch nicht gesunken. Wenn ich Geduldsübungen machen will, kaufe ich mir ein Paar Hanteln, oder ein Pferd mit Mucken; aber Menschen verschone ich.»

Samoilenko bestellte Weißwein mit Eis. Nach dem ersten Glas fragte Lajewski plötzlich: «Sag mal, was ist eigentlich Gehirnerweichung?»

«Ja, wie soll ich dir das erklären ... eben eine Krankheit, die das Gehirn aufweicht, fast verflüssigt.»

«Heilbar?»

«O ja, wenn die Sache behandelt wird. Kalte Duschen, Blasenpflaster ... und natürlich was zum Einnehmen.»

«Hm. – Du siehst also meine Lage. Ich kann nicht mehr mit ihr leben. Es übersteigt meine Kräfte. Da sitze ich, philosophiere mit dir, lächelnd; zu Hause aber bin ich vollkommen fertig. Derart elend … Ich glaube, wenn mir einer sagte, ich müsse auch nur noch einen Monat bei ihr bleiben – ich schösse mir eine Kugel vor den Kopf. Sitzen lassen kann ich sie aber auch nicht! Sie steht doch völlig allein, hat nichts gelernt und kein Geld, und ich hab auch keins … Wo soll sie hin? Zu wem? Es fällt und fällt mir nichts ein … Sag selber: Was soll ich tun?»

«Hm …», brummte Samoilenko nur. Auch er wusste keine Antwort mehr. «Liebt sie dich eigentlich?»

«Schon. Das heißt, sie liebt mich gerade so viel, als sie in ihrem Alter und bei ihrem Temperament einen Mann braucht. Sie würde mich ebenso ungern entbehren wie Puder und Lockenwickel. Ich gehöre sozusagen zum Inventar des Boudoirs.»

Samoilenko wurde die Sache peinlich. «Du bist heute wirklich nicht gut beieinander, Wanja», sagte er. «Hast sicher schlecht geschlafen.»

«Natürlich. Miserabel. Überhaupt ist mir hundeelend, mein Lieber. Der Kopf wie ausgehöhlt, das Herz tut nicht mit. Schlapp. Ich sollte eben weg!»

«Aber wohin denn?»

«Hinauf in den Norden. Wo's Fichten gibt und Pilze, und Menschen, und Ideen … Das halbe Leben gäbe ich darum, könnt ich jetzt in einem Bach irgendwo im Gouvernement Moskau oder Tula tauchen, so kalt, weißt du, dass man sofort 'ne Gänsehaut kriegt, und nachher stundenlang mit einem Studentlein, meinetwegen von der erbärmlichsten Sorte, wandern und reden, reden, immerzu ... Weißt du noch, wie Heu duftet? Und abends, wenn man im Garten herumschlendert, hört man von fern nur die Eisenbahn, und Klavierspiel vom Hause her ...» Lajewski lachte vor freudiger Erinnerung, aber gleich wurden ihm die Augen feucht. Um es zu verbergen, drehte er sich zum Nachbartisch, nahm ein Zündholz.

«Achtzehn Jahre war ich nicht mehr in Russland», sagte Samoilenko. «Ich weiß schon fast nicht mehr, wie's dort aussieht. Mir geht nun mal nichts über den Kaukasus.»

«Während ich an ein Gemälde von Wereschtschagin[12] denken muss: Auf dem Grund einer ungeheuer tiefen Grube schmachten zum Tod Verurteilte. Genau wie diese Grube kommt mir dein herrlicher Kaukasus vor. Wenn ich die Wahl hätte: Kaminfeger in Petersburg oder hierzulande Fürst – für mich gäb's nur den Kaminfeger.»

Lajewski verstummte. Samoilenko betrachtete ihn. Gekrümmte Gestalt, auf einen Punkt starrende Augen, blasses, schweißfeuchtes Gesicht, eingefallene Schläfen; zerbissene Fingernägel; ein Pantoffel hing so auf dem Fuß, dass man die Ferse und damit ein liederlich gestopftes Loch im Strumpf sah. Mitleid überkam Samoilenko. Vielleicht weil Lajewski ihn an ein hilfloses Kind erinnerte, fragte er plötzlich: «Lebt eigentlich deine Mutter noch?»

«Ja. Aber wir sind auseinander. Das Verhältnis hat sie mir nicht verzeihen können.»

Samoilenko liebte seinen Freund. Er sah in Lajewski den braven Kerl, den Studenten, mit dem man, hemdsärmelig, lachen und trinken und reden konnte, wie einem ums Herz war. Am Charakter seines Freundes missfiel ihm freilich etliches in hohem Maße. Lajewski trank viel und immer zur Unzeit, er spielte, war im Dienst nachlässig, lebte über seine Verhältnisse, gebrauchte häufig unflätige Ausdrücke; auch ging er in Pantoffeln aus und stritt sich öffentlich mit Nadjeshda Fjodorowna – all dies missbilligte Samoilenko durchaus. Andererseits hatte Lajewski einmal der philosophischen Fakultät angehört, und auch jetzt noch war er Abonnent von zwei dicken Zeitschriften, redete oft so überklug daher, dass ihn kaum jemand verstand, lebte mit einer gescheiten Frau zusammen – dies verstand Samoilenko zwar nicht, doch es imponierte ihm, und so blickte er mit gewisser Verehrung zu Lajewski als einem höheren Wesen auf.

Lajewski kam zu sich, warf den Kopf zurück. «Übrigens, noch etwas. Aber das bleibt unter uns. Bis jetzt habe ich Nadjeshda Fjodorowna nichts gesagt, also tu du's nicht aus Versehen. Vorgestern bekam ich einen Brief, ihr Mann sei an Gehirnerweichung gestorben.»

«Der Herr schenke ihm die ewige Ruhe …» Samoilenko seufzte. «Warum sagst du's ihr nicht?»

«Wenn ich ihr den Brief zeige, heißt es sofort: Links um – marsch! Richtung Kirche! Jetzt wird geheiratet! – Und wir müssen uns doch vorher erst über unsere weiteren Beziehungen klar sein! Wenn sie einsieht, dass wir tatsächlich nicht gemeinsam weiterleben können – dann zeige ich ihr den Brief, nicht vorher. Dann ist die Sache ungefährlich.»

«Weißt du was, Wanja?» Plötzlich wurde Samoilenkos Miene so traurig und flehentlich, als wolle er um etwas ganz Wunderbares bitten, fürchte aber eine Abfuhr. «Heirate sie doch, Täubchen!»

«Ja aber warum denn?»

«Erfülle deine Pflicht dieser prächtigen Frau gegenüber! Jetzt ist ihr Mann gestorben, also zeigt dir die Vorsehung selber, was du tun sollst!»

«Aber versteh doch, du komischer Kauz, dass es nicht geht! Heiraten ohne Liebe ist genauso niederträchtig und menschenunwürdig, als wenn ein Atheist die Messe liest!»

«Es ist aber doch deine Pflicht!»

«Wieso ist es meine Pflicht?», fragte Lajewski erbittert.

«Weil du sie ihrem Mann weggenommen hast. Damit trägst du ja auch die Verantwortung für sie.»

«Wenn ich dir doch unmissverständlich in russischer Sprache sage: Ich liebe sie nicht!»

«Von mir aus. Wenn keine Liebe mehr da ist, halte sie wenigstens in Ehren, sei gut zu ihr ...»

«Halte sie in Ehren! Sei gut zu ihr!», höhnte Lajewski. «Du tust gerade, als sei sie eine Äbtissin. Du bist ein schlechter Psycholog und ein schlechter Physiolog, wenn du glaubst, man komme bei einer Frau, mit der man lebt, einzig mit In-Ehren-Halten und Gutsein aus. Weiber verlangen in erster Linie das Schlafzimmer!»

«Aber Wanja, Wanja ...» Samoilenko war aufs Neue peinlichst berührt.

«Du bist ein alter Kindskopf und ein Theoretiker, und ich bin ein junger Greis und ein Praktiker, und deshalb können wir uns darin niemals verstehen. Komm, wir hören lieber auf. – Mustafa!» Lajewski rief den Kellner herbei. «Zahlen!»

«Aber nein!» Der Doktor fasste ganz erschrocken nach Lajewskis Arm. «Das ist doch meine Sache. Ich habe doch bestellt! – Auf meine Rechnung!», rief er Mustafa zu.

Die Freunde erhoben sich, und dann gingen sie schweigend die Strandpromenade entlang. Bei der Abzweigung des Boulevards blieben sie stehen, drückten einander zum Abschied die Hand.

«Sind schon grausam verwöhnt, die jungen Herrchen!», seufzte Samoilenko vor sich hin. «Da beschert ihm das Schicksal eine schöne, gebildete junge Frau, und er sagt Nein! Ich dagegen … Wenn mir der Herrgott wenigstens ein krummes altes Weiblein schicken möchte – bloß lieb und gut müsste sie sein –, wie wäre ich zufrieden! In meinem Weinberg würde ich mit ihr hausen, und …» – Samoilenko kam zu sich – «und dort könnte die alte Hexe mir den Samowar bedienen!»

Nachdem er sich von Lajewski getrennt hatte, ging er auf dem Boulevard weiter. Wie er so dahinschritt, wuchtig, majestätisch, mit strenger Miene, in schneeweißem Rock und blitzblank gewichsten Stiefeln, Brust heraus und darauf prangend der «Wladimir»[13] am Band, gefiel er sich selber sehr gut, und ihm schien, die ganze Welt betrachte ihn mit Wohlgefallen. Ohne den Kopf zu wenden, spähte er nach rechts und links. Er fand diesen Boulevard ausgezeichnet angelegt und die jungen Zypressen und Eukalyptusbäume und selbst die kümmerlichen Palmen schön, auch war er überzeugt, sie würden mit der Zeit reichen Schatten spenden. Ihm schien sogar, die Tscherkessen seien ein ehrliches und gastfreundliches Volk.[14] «Komisch, dass Lajewski den Kaukasus nicht mag», dachte er. «Zu komisch!»

Fünf Soldaten mit geschultertem Gewehr marschierten salutierend an ihm vorbei. Rechts drüben, auf dem Gehsteig, sah er die Frau eines Beamten mit ihrem Sohn, einem Gymnasiasten.

«Guten Morgen, Marja Konstantinowna!», rief er fröhlich. «Kommen gewiss schon vom Strand? ... Meine Empfehlung an Nikodim Alexandrytsch!»

Und er schritt aus, immerzu glücklich vor sich hinlächelnd. Plötzlich sah er einen Sanitäter, der ihm entgegenkam. Sofort runzelte er die Stirn. Er blieb stehen. «Zugänge im Lazarett?»

«Keine, Euer Exzellenz.»

«Was?»

«Keine, Euer Exzellenz.»

«Na schön. Abtreten.»

Majestätisch segelte er zur Limonadenbude, wo hinter der Theke eine alte, vollbusige Jüdin saß, die sich als Georgierin ausgab. Laut, als gelte es einem Regiment, kommandierte er: «Ein Glas Sprudel, wenn's beliebt!»

II

Dass Lajewskis Liebe zu Nadjeshda Fjodorowna erkaltet war, zeigte sich besonders daran, dass ihm alles, was sie tat und sagte, mehr oder weniger verlogen, und alles, was ihm an Lektüre gegen Frauen und Liebe unter die Finger kam, haargenau auf ihn, Nadjeshda Fjodorowna und ihren Mann abgepasst schien. Als er nach Hause kam, saß sie bereits angezogen und sorgfältig frisiert am Fenster, nippte mit bekümmerter Miene an ihrer Kaffeetasse und blätterte dabei in einem dicken Zeitschriftenband. Missmutig dachte er, Kaffeetrinken sei doch wohl keine so schwerwiegende Sache, dass man deshalb eine Leichenbittermiene aufsetzen müsse; außerdem vergeude sie ihre Zeit an modische Frisuren, da hier ja kein Mensch sei, dem sie damit hätte Eindruck machen können. Auch ihr Geblätter in dem dicken Band dünkte ihn unecht. Er dachte, sie frisiere und kleide sich eben nur, um hübsch auszusehen, und sie lese nur, um gescheit zu wirken.

«Hast du etwas dagegen, wenn ich heute baden gehe?», fragte sie.

«Warum soll ich? Ob du badest oder nicht, so welterschütternd wird das ja nicht sein!»

«Ich frage ja nur, weil der Doktor vielleicht nicht einverstanden ist.»

«Dann frag den Doktor. Ich bin keiner.»

Vor allem fand Lajewski heute das weiße Dekolleté abstoßend, ebenso Nadjeshda Fjodorownas Nackenlöckchen. Es fiel ihm ein, wie Anna Karenina, als sie ihren

Mann zu lieben aufhörte, plötzlich den Anblick seiner Ohren nicht mehr ertrug,[15] und er dachte: «Wie richtig beobachtet! Wie auffallend richtig!» – Ihm war elend, sein Kopf ganz leer. So ging er ins Studierzimmer, legte sich auf den Diwan und bedeckte sein Gesicht mit einem Taschentuch als Schutz gegen die Fliegen. Welke, schwarze Gedanken, über ein und dasselbe, zogen durch sein Gehirn, wie eine lange Karawane durch einen trostlosen Herbstabend, bis er, gequält, eindämmerte. Jetzt schien ihm, er habe sich an Nadjeshda Fjodorowna versündigt, ebenso an ihrem Mann, und sei schuld an dessen Tod. Auch an seinem eigenen Leben habe er sich versündigt, indem er es verdarb, und an der Welt hoher Ideen, an der Welt des Wissens und der Arbeit. Aber gerade sie lag für ihn an diesem Strand, wo hungrige Türken und faule Abchasen herumlungern, außerhalb jeder Möglichkeit. Sie gab es einzig dort oben, im Norden, bei Oper, Theater, Zeitungen, jeder Form geistiger Betätigung. Ehrenhaft, klug, überragend, sauber konnte man nur dort oben sein; nicht hier. Er warf sich vor, keine Ideale, kein Leitbild für sein Leben zu haben, obwohl er davon nur eine dunkle Vorstellung besaß. Zwei Jahre zuvor, da er sich in Nadjeshda Fjodorowna verliebt, hatte er geglaubt, schon das Zusammensein mit ihr, die gemeinsame Reise in den Kaukasus, bedeute seine Rettung aus leerem, schal gewordenem Leben. Und ebenso dünkte ihn jetzt, alles Notwendige würde ihm von selbst zufallen, hätte er nur Nadjeshda Fjodorowna vom Hals und könnte nach Petersburg fahren.

«Davonlaufen!», murmelte er, sich aufrichtend. Er biss an seinen Nägeln herum. «Davonlaufen!»

Die Phantasie gaukelte ihm Bilder vor ... Er geht an Bord des Dampfers, frühstückt, trinkt kaltes Bier dazu; er plaudert mit den Damen an Deck; in Sewastopol steigt er in den Zug und fährt davon. Freiheit, ich grüße dich! Bahnhöfe fliegen vorbei, die Luft wird kälter, kräftiger, schon sieht er Birken und Tannen, und jetzt: Kursk ... Moskau ... Am Büfett gibt es Kohlsuppe, Hammelfleisch mit Grütze, Stör, Bier – kurz, hier ist Russland, das wirkliche Russland, weit weg vom rohen Asien. Die Mitreisenden unterhalten sich über Handelsprobleme, neue Sänger, franko-russische Sympathien[16]; überall pulst Leben, frisch, kultiviert, klug, gesund ... Schnell weiter, schnell! Und jetzt, endlich, der Njewskij-Prospekt, Lange Strandstraße, hier auch die Kownoer Gasse, wo er als Student mit seinen Freunden hauste. Geliebter grauer Himmel, Sprühregen, durchnässte Droschkenkutscher ...

«Iwan Andrejitsch!», rief draußen jemand. «Sind Sie zu Hause?»

«Hier!», erwiderte Lajewski. «Was gibt's?»

«Unterschriften!»

Langsam erhob er sich. Ihm war schwindlig. Gähnend schlurfte er auf seinen Pantoffeln ins Nebenzimmer. Vor dem offenen Parterrefenster, außerhalb, stand einer seiner jungen Kollegen und breitete Akten auf dem inneren Fenstersims aus.

«Sofort, mein Guter!», sagte Lajewski milde und ging,

das Tintenfass zu holen. Er trat wieder zum Fenster, unterschrieb die Akten, ungelesen. «Heiß!», bemerkte er.

«Und ob. Kommen Sie heute noch zum Dienst?»

«Kaum. Fühle mich schlecht. Hören Sie, mein Guter – sagen Sie Scheschkowski, ich komme gleich nach Tisch zu ihm.»

Der Kollege ging, und Lajewski legte sich wieder auf seinen Diwan und begann erneut zu grübeln. «Ich muss das Für und Wider sorgfältig gegeneinander abwägen und dann planen. Bevor ich abreise, muss ich meine Schulden zahlen. Schulden – etwa zweitausend Rubel. Geld habe ich aber keines. Übrigens ist das auch nicht so wichtig. Einen Teil zahle ich gleich, irgendwie klappt das schon. Und den Rest schicke ich von Petersburg. Hauptsache – Nadjeshda Fjodorowna. Zuallererst müssen unsere Beziehungen geklärt sein. Jawohl.»

Kurz darauf ging ihm durch den Sinn: «Wäre es nicht gescheiter, ich ließe mich von Samoilenko beraten? – Hingehen kann ich ja», dachte er. «Aber was kommt schon dabei heraus? Natürlich kriegt er wieder Zustände, wenn ich vom Boudoir rede, von Weibern, und was ehrenhaft oder unehrenhaft ist. Und was zum Teufel soll alles Geschwätz von ‹ehrenhaft› und ‹unehrenhaft›, wenn's um mein Leben geht, wenn ich unter diesem Zwang ersticke und langsam aber sicher eingehe? Das muss einer doch begreifen, dass es gemein und grausam ist, so ein Leben weiterzuführen, und dass alles andere daneben verblasst und gering wird.» – «Davonlaufen!», murmelte er und setzte sich auf. «Davonlaufen!»

Öder Meeresstrand, Gluthitze, Monotonie der Berge in lilafarbenem Dunst – ewig gleich, ewig stumm und einsam, es machte ihn einfach schwermütig, betäubte ihn, beutete ihn aus. Wer weiß, vielleicht war er doch außergewöhnlich begabt und im Grunde ein anständiger Kerl?

Vielleicht, hätten ihn nicht Meer und Gebirge auf allen Seiten beengt, wäre aus ihm ein prächtiger Landwirt geworden oder ein Staatsmann, Redner, Publizist, Vorkämpfer einer guten Sache? Wer weiß! Und wäre es in diesem Fall nicht entsetzlich dumm zu fragen, ob es ehrenhaft oder unehrenhaft sei, wenn ein begabter und nützlicher Mensch, etwa ein Musiker oder sonst ein Künstler, seine Kerkermauern durchbricht, seine Wächter täuscht? In solch einer Lage ist alles ehrenhaft.

Um zwei Uhr setzten sich Lajewski und Nadjeshda Fjodorowna zu Tisch. Als die Köchin Reissuppe mit Tomaten auftrug, bemerkte Lajewski: «Immer dasselbe. Warum gibt's nicht mal Kohlsuppe?»

«Hier wächst kein Kohl.»

«Komisch. Bei Samoilenko kriegt man Kohlsuppe, und bei Marja Konstantinowna auch. Nur ich bin aus irgendwelchem Grund zu diesem süßlichen Fraß verdammt. So geht das wirklich nicht, mein Täubchen.»

Ebenso wie in der Mehrzahl aller Ehen war auch bei Lajewski und Nadjeshda Fjodorowna früher kaum eine Mahlzeit ohne Szene oder Missstimmung vorbeigegangen. Erst seit Lajewski vom Erlöschen seiner Liebe überzeugt war, bemühte er sich, Nadjeshda Fjodorowna in allem nachzugeben; er sprach leise und höflich mit ihr, nannte sie Täubchen.

«Die Suppe schmeckt wirklich nach Lakritze», bemerkte er lächelnd, mit einer letzten Anstrengung, freundlich zu sein; aber dann konnte er sich doch nicht mehr beherrschen. «Kein Mensch kümmert sich um den Haushalt! Wenn du dich tatsächlich zu krank fühlst, oder wenn dich deine Lektüre zu sehr fesselt, dann gestatte, dass ich selbst für den Speisezettel sorge!»

Früher hätte sie ihm geantwortet: ‹Bitte sehr!› Oder: ‹Ich sehe schon, du willst eine Köchin aus mir machen!› Jetzt aber sah sie ihn nur demütig an, wurde über und über rot.

«Und wie fühlst du dich heute?», fragte er mild.

«Heute ganz gut. Nur ein bisschen schwach.»

«Du musst dich schonen, Täubchen. Ich sorge mich schrecklich um dich.»

Nadjeshda Fjodorowna war leidend. Samoilenko stellte Wechselfieber fest und fütterte sie mit Chinin, während der andere Arzt, Ustimowitsch – ein hagerer, dürrer, ungeselliger Mann, der tagsüber zu Hause saß und sich abends still und nur zuweilen hüstelnd am Strand erging, die Hände auf dem Rücken und darin den Spazierstock aufgerichtet – die Sache für eine Frauenkrankheit hielt und heiße Kompressen verordnete. Solange Lajewski liebte, hatte Nadjeshda Fjodorownas Krankheit Mitleid und Sorge in ihm erregt; jetzt hielt er selbst ihr Kranksein nicht mehr für echt. Ihr müdes gelbes Gesicht, das ganze verwelkte Aussehen und auch das krampfhafte Gähnen, was ihr unmittelbar nach den Fieberanfällen blieb; die Tatsache, dass sie während des Anfalls, wenn sie unter ihrer Reisedecke lag, eher einem Knaben als einer Frau glich und dass es dann in ihrem Zimmer stickig und schlecht roch – all dies war, nach seiner Meinung, angetan, jegliche Illusion zu zerstören. Es schlug seiner Auffassung von Liebe und Ehe ins Gesicht.

Als zweiten Gang gab es Spinat mit hart gekochtem Ei; für Nadjeshda Fjodorowna, als Diät, eine Art säuerlichen Mehlpudding und dazu Milch. Als sie mit bekümmertem Gesicht in der gallertartigen Masse herumstocherte, schließlich langsam davon zu löffeln begann und dazu ihre Milch schluckweise trank – ganz besonders, als er sie schlucken hörte –, bemächtigte sich seiner ein schwerer Hass. Die ganze Kopfhaut juckte ihn plötzlich. Er war sich dessen durchaus bewusst, dass dies Gefühl selbst einen Hund hätte kränken müssen, aber er zürnte darum nicht etwa sich selber, sondern Nadjeshda Fjodorowna, weil sie ein solches Gefühl in ihm wachrief. Er begriff mit einem Mal, warum zuweilen ein Mann seine Geliebte umbringt. Selbst hätte er es natürlich niemals getan; wäre er aber Schöffe, er würde den Mörder verteidigen.

«Merci, Täubchen», sagte er nach Beendigung der Mahlzeit und küsste Nadjeshda Fjodorowna auf die Stirn.

In seinem Studierzimmer lief er wohl fünf Minuten lang von einer Ecke in die andere, schielte immer wieder nach seinen Stiefeln hin, ließ sich auf den Diwan fallen.

«Davonlaufen!», murmelte er. «Davonlaufen! Zuerst eine Aussprache und dann davonlaufen!»

Er streckte sich aus. Wieder ging ihm durch den Sinn, Nadjeshda Fjodorownas Mann sei vielleicht durch seine Schuld gestorben.

«Einen Menschen anklagen, weil er liebt oder nicht mehr liebt, ist einfach dumm!», redete er sich dann wieder zu, während er im Liegen die Beine anhob und seine Stiefel anzog. – «Liebe und Hass stehen ja nicht in unserer Macht. Und was den Mann betrifft, mittelbar könnte ich schon eine der Ursachen seines Todes sein, aber schließlich und endlich – bin ich denn schuld, dass ich mich in seine Frau verliebt habe und sie sich in mich?»

Er stand auf, suchte seine Mütze und ging zu seinem Kollegen Scheschkowski, bei dem sich täglich die Beamten zu Kartenspiel und kaltem Bier einfanden.

«Der reinste Hamlet bin ich, in meiner Entschlusslosigkeit!»,[17] dachte Lajewski unterwegs. – «Wie richtig, wie auffallend richtig Shakespeare das gesehen hat!»

III

Auf dass ihm ja nicht langweilig werde und auch weil er einem offenbaren Notstand abhelfen wollte – Zugereiste und Junggesellen konnten nicht im Gasthaus essen, da es am Ort ein solches nicht gab –, hatte der Doktor Samoilenko eine Art privaten Mittagstisch eingerichtet. Zurzeit besaß er allerdings nur zwei Stammgäste. Es waren dies: der junge Zoologe von Koren, der im Sommer am Schwarzen Meer die Embryologie der Medusen[18] zu studieren pflegte, und der Diakon Pobjedow, nach soeben bestandener Seminarprüfung in unser Städtchen beordert, um die Pflichten des auf Kur weilenden alten Diakons wahrzunehmen. Beide zahlten für Mittag- und Abendbrot monatlich je zwölf Rubel. Übrigens hatten sie Samoilenko ihr Ehrenwort geben müssen, Punkt zwei Uhr täglich da zu sein.

Als Erster traf gewöhnlich von Koren ein. Schweigend saß er im Salon, nahm ein Album vom Tisch und musterte aufmerksam die vergilbten Photographien: unbekannte Herren in weiten Beinkleidern und Zylinderhut, unbekannte Damen in Reifrock und Spitzenhäubchen; selbst Samoilenko kannte nur wenige davon mit Namen, und bei solchen, die ihm entfallen waren, sagte er seufzend: «Ein ganz prächtiger Mensch, übrigens grundgescheit!» War von Koren mit dem Album zu Ende, so griff er sich die Pistole von der Etagere, kniff das linke Auge zu und zielte lange auf das Porträt des Fürsten Woronzoff[19]. Oder er ging zum Spiegel und betrachtete sich: sonnenverbranntes Gesicht, hohe Stirn, schwarzes Negerkraushaar,[20] dazu ein Hemd aus großblumig gemustertem Baumwollstoff – der reinste Perserteppich – und schließlich ein breiter Ledergürtel statt der Weste. Das Studium seines Spiegelbildes behagte ihm womöglich noch mehr als das der Photographien oder selbst der sehr schön gearbeiteten Pistole. Er war äußerst zufrieden mit seinem Gesicht, dem flotten Bärtchen und den breiten Schultern, Beweis stabiler Gesundheit, Teil eines kräftigen Körperbaus. Und ebenso imponierte ihm sein etwas stutzerhaftes

Kostüm, von der farblich mit dem Hemd harmonierenden Krawatte bis zu den gelben Schuhen[21].

Während jener das Album betrachtete oder vor dem Spiegel stand, hüpfte Samoilenko in Küche und Vorraum wie ein Kreisel. Ohne Rock und Weste, das Hemd über der Brust weit geöffnet, schweißüberströmt, in heller Aufregung drehte er sich zwischen den Küchentischen, mischte hier Salat, schmeckte dort eine Sauce ab, stellte Fleisch, Gurke und Zwiebel für die Kaltschale zurecht und schoss die ganze Zeit böse Blicke auf den ihm zur Hand gehenden Burschen, bedrohte ihn wohl auch mit geschwungenem Kochlöffel oder Messer.

«Essig!», befahl er, schrie aber sofort: «Oder, halt – keinen Essig, Olivenöl!» und stampfte mit dem Fuß vor Ungeduld.

«Was läufst du denn weg, Kamel?»

«Öl holen, Euer Exzellenz», gab der völlig Verstörte in gleichsam gesprungenem Tenor zur Antwort.

«Bisschen hoppla! Im Schrank! Darja! Noch etwas Dill zum Gurkentopf! Dill!!, hab ich gesagt! Deck den Rahm zu, sonst hocken die Fliegen drauf! Keine Maulaffen feilhalten!»

Das Haus dröhnte von seinem Geschrei. Etwa ein Viertel vor zwei Uhr kam auch der Diakon, ein junger Mann von zweiundzwanzig Jahren, mager, langhaarig, bartlos, das heißt nur mit einem Anflug von Schnurrbart versehen. Als er den Salon betrat, bekreuzigte er sich zuerst vor den Heiligenbildern, dann streckte er lächelnd Herrn von Koren die Hand hin.

«Guten Tag», sagte der Zoologe kühl. «Wo kommen Sie her?»

«Vom Landungssteg. Kaulquappen fangen.»

«Natürlich. Diakon, Sie werden Ihrer Lebtag nichts arbeiten.»

«Warum denn? ‹Die Arbeit ist kein Bär, sie läuft nicht in den Wald›», zitierte der Diakon vergnügt und vergrub seine Hände in den abgründigen Taschen des weißen Leibrocks unter seiner Kutte.

«Leider findet sich keiner, der Sie mal ordentlich durchhaut!», seufzte der Zoologe.

Es verflossen weitere fünfzehn, zwanzig Minuten, ohne dass zu Tisch gebeten wurde. Dagegen hörte man immerzu die Absätze des Burschen von der Küche in den Vorraum und wieder zurück stampfen und Samoilenkos Geschrei.

«Stell's auf den Tisch! – Wohin tappst du jetzt wieder? – Erst abwaschen!»

Von Koren und der Diakon, allmählich recht hungrig, begannen zu scharren, was Ungeduld bedeuten sollte, wie beim Theaterpublikum im obersten Rang. Endlich ging die Tür auf, und der gequälte Bursche meldete: «Es ist angerichtet!» Im Esszimmer empfing sie der vor Ärger krebsrote, im Küchendunst förmlich gesottene Samoilenko. Er sah sie böse an, und als er den Deckel von der Suppenterrine hob und den beiden ihre Teller vollschöpfte, malte sich geradezu Entsetzen auf seinem Gesicht. Erst als er sich davon überzeugte, dass sie mit Appetit schmausten und die Suppe ganz nach ihrem Gusto war, atmete er hörbar auf und ließ sich in seinen tiefen Sessel fallen. Wohlige Ermattung drückte sich in seinen Zügen aus … Ruhevoll goss er sich Schnaps in sein Glas und hob es: «Auf die Gesundheit der jungen Generation!» Nach dem Gespräch mit Lajewski hatte Samoilenko den ganzen Vormittag lang, trotz seiner prächtigen Laune, in der Tiefe seines Herzens eine Art Beschwernis gefühlt. Lajewski tat ihm leid, und er wollte ihm helfen. Als er, noch vor der Suppe, sein Schnapsglas leer hatte, begann er seufzend: «Heute habe ich schon Wanja Lajewski getroffen. Der Mann hat's schwer. In materieller Hinsicht – trostlos. Aber das Übelste: Er ist fertig, vor lauter Psychologie. Schade um den Burschen.»

«Grade um den finde ich es durchaus nicht schade!», warf von Koren ein. «Wenn dieser noble Herr ersöffe, würde ich sogar mit meinem Stock noch etwas nachhelfen: Sauf ruhig ab, Bruderherz, sauf du ganz getrost ab …»

«Ist ja nicht wahr. Das würdest du nicht!»

«Und wieso nicht?» Der Zoologe zuckte die Achseln. «Ich bin eines guten Werkes ebenso fähig wie du.»

«Ist das vielleicht ein gutes Werk – Leute absaufen lassen?», fragte der Diakon, der die Sache überaus erheiternd fand.

«Wenn es sich um Lajewski handelt – jawohl!»

«Irgendetwas fehlt an der Suppe …», stellte Samoilenko fest. Er wollte rasch ablenken.

«Dieser Lajewski ist zweifellos ein Schädling und für die Gesellschaft ebenso gefährlich wie der Cholerabazillus», sprach von Koren unbeirrt weiter. «Also ist es nur verdienstvoll, ihn absaufen zu lassen.»

«Es macht dir keine Ehre, dich so über deinen Nächsten auszulassen. Woher stammt eigentlich dein Hass auf ihn?»

«Schwatz keinen Mist, Doktor. Einen Bazillus hassen und verachten – das wäre natürlich blödsinnig. Aber jeden hergelaufenen Kerl um jeden Preis und ohne Unterschied als deinen Nächsten ansehen, nein, danke ergebenst! Das bedeutet Mangel an Urteilskraft, Absage an das Prinzip der Gerechtigkeit innerhalb menschlicher Beziehungen, kurz – man wäscht sich die Hände in Unschuld. Ich persönlich halte deinen Lajewski für einen Schuft, woraus ich gar kein Hehl mache; vielmehr ich behandle ihn wie einen Schuft, und dies mit bestem Gewissen. Du dagegen hältst ihn für deinen Nächsten – von mir aus, küss ihn ab! Wenn du ihn aber für deinen Nächsten hältst, so bedeutet das nichts anderes, als dass du zu ihm genauso bist wie zu mir und dem Diakon, das heißt also: indifferent. Du bist allen gegenüber indifferent.»

«Einen Menschen Schuft nennen!», brummte Samoilenko und runzelte angewidert die Stirn. «Das finde ich abscheulich! Ich kann dir gar nicht sagen, wie!»

«Der Mensch wird nach seinen Werken beurteilt»,[22] sprach von Koren weiter. «Seien Sie mal Schiedsrichter, Diakon. Ich wende mich jetzt ausdrücklich an Sie, Diakon. Die Werke des Herrn Lajewski sind wie ein langes chinesisches Schriftband vor Ihnen aufgerollt, sodass Sie vom Anfang bis zum Ende darin studieren können. Was also hat er in den zwei Jahren seines hiesigen Aufenthalts bisher gewirkt? Wir wollend an den Fingern abzählen. Erstens hat er unser ganzes Städtchen Wint[23] spielen gelehrt. Vor zwei Jahren kannte kein Mensch hierzulande diese Art von Kartenspiel, jetzt wird Wint gespielt von morgens bis in alle Nächte, und zwar unter Beteiligung der Damenwelt und der Halbwüchsigen. Zweitens hat er das bis dato ebenfalls hier nicht übliche Biertrinken eingeführt; auch ist ihm die Bürgerschaft für die genaue Kenntnis diverser Schnapssorten zu Dank verpflichtet, sodass man heute sogar mit verbundenen Augen sagen kann, ob Wodka Koscheljow oder Smirnow Numero einundzwanzig. Drittens pflegte man bisher bei uns nur heimlich mit fremden Frauen zu schlafen, und zwar aus genau demselben Grund, aus dem Diebe heimlich und nicht öffentlich stehlen; Ehebruch galt immerhin als etwas, das aus Schamgefühl nicht gerade aller Welt vorgeführt wurde. Auch auf diesem Gebiet hat Lajewski Pionierarbeit geleistet, indem er ganz offen mit der Frau eines anderen haust. Viertens …»

Von Koren löffelte hastig seine Suppe aus und gab seinen Teller dem Burschen.

«Ich habe diesen Lajewski bereits im ersten Monat unserer Bekanntschaft durchschaut», fuhr er, weiterhin zum Diakon gewandt, fort. «Wir kamen gleichzeitig hier an. Leute seines Schlages sind sehr für Freundschaft, Anbiederung, Solidarität und so weiter, weil sie ja fortwährend Gesellschaft nötig haben: zum Wintspielen, zum Fraß und zum Saufen. Außerdem schwatzen sie beständig und brauchen Zuhörer. Man freundete sich also an, genauer gesagt: Er kam täglich bei mir angeschlurft, störte mich bei der Arbeit und gab offenherzige Details über seine Mätresse. Von allem Anfang an verblüffte mich seine wahrhaft außergewöhnliche Verlogenheit – richtig schlecht wurde mir davon. In meiner Freundesrolle machte ich ihm Vorhaltungen – warum er derart saufe, über seine Mittel lebe und Schulden mache, warum er weder einen Beruf ausübe noch irgendetwas lese, warum er überhaupt so ungebildet und unwissend sei. Worauf er lediglich seufzt und schmerzlich lächelnd sagt: ‹Ich bin nun mal ein Pechvogel! Ein überflüssiger Mensch!› Oder: ‹Was können Sie denn, mein Teurer, von uns Splittern des Leibeigenensystems[24] anderes verlangen?› – Oder: ‹Wir sind nun mal degeneriert!› – Oder er schwelgt, und zwar uferlos, in purem Nonsens, über Onjegin, Petschorin, Byrons Kain[25] und Basarow[26]: ‹… denn diese sind unsere Väter, nach Blut und Geist.› Also, wohlverstanden, nicht er ist daran schuld, dass Aktenbündel wochenlang – noch nicht einmal entsiegelt! – herumliegen, dass er nicht nur säuft, sondern auch andere besoffen macht. Schuld daran sind ausschließlich Onjegin, Petschorin und dann Turgenjew, der sich den Pechvogel und überflüssigen Menschen ausgedacht hat. Die Ursache seiner enormen, widerwärtigen Unmoral liegt also, wie man sieht, nicht in ihm selbst, sondern außerhalb, irgendwo im Weltraum. Und dazuhin – schlau, diese Tour! – ist nicht er allein zuchtlos, verlogen und widerwärtig, sondern wir alle sind es! ‹Wir Menschen der Achtzigerjahre …›, ‹wir welkes, nervenbündliges Reis vom Stamm der Leibeigenschaft›, ‹uns hat die Zivilisation verkrüppelt …›. Kurz, wir müssen endlich begreifen, dass ein großer Mann wie Lajewski auch im Sturze groß bleibt: Seine schmierige Liederlichkeit und Unbildung ist nichts als ein historisches Phänomen, geheiligt durch naturnotwendiges Sein; Weltgesetze, Elementargesetze liegen zugrunde. Eigentlich gehört das Heiligenlämpchen vor diesem Lajewski aufgehängt; schicksalhaftes Opfer seiner Zeit und ihrer Strömungen, Opfer der Vererbung et cetera pp. – Alle Beamten, alle Damen, die ihm lauschten, erstarben in ‹Ah!› und ‹Oh!›. Und ich selber wusste lange nicht, hatte ich es mit einem echten Zyniker oder schlicht mit einem gerissenen Gauner zu tun. Subjekte wie er, auf den ersten Blick ganz intelligent, auch halbwegs gebildet, lieben es, sich über den eigenen Edelmut zu verbreiten, und besitzen die Geschicklichkeit, sich als ungewöhnlich komplizierte Naturen zu präsentieren.»

«Sei still!», brauste Samoilenko auf. «Ich dulde es einfach nicht, dass in meiner Gegenwart ein besonders feiner Mensch schlechtgemacht wird!»

«Unterbrich mich nicht, Alexander Davidytsch», parierte von Koren eisig. «Ich bin sowieso gleich zu Ende. Herr Lajewski ist eine im Grunde recht unkomplizierte Natur. Hier das Gerippe seiner Moral: früh Pantoffeln, Bad im Meer, Kaffee; vormittags Pantoffeln, Spaziergang, Gespräche; um zwei Uhr Pantoffeln, Mittagessen und Wein; um fünf Uhr Bad im Meer, Tee und Wein, anschließend Wint und Prahlerei; um zehn Uhr Abendbrot und Wein; um Mitternacht und später *la femme*[27] und Schlaf. Sein ganzes Wesen steckt in diesem engen Programm wie das Ei in der Schale. Ob er geht, sitzt, sich freut, schreibt oder sich mopst – alles wegen Wein, Weib, Pantoffeln und Kartenspiel. Besonders das Weib spielt in seinem Leben eine geradezu tragisch unabänderliche Rolle. Er gibt ohne Weiteres seine erste Liebschaft mit dreizehn Jahren zu. Noch vor seinem ersten Semester lebte er mit einer Dame, die edlen Einfluss auf ihn übte. Ihr verdankt er seine musikalische Bildung. Im zweiten Semester kaufte er eine Prostituierte aus dem Bordell frei und zog sie zu sich empor, das heißt, er machte sie zu seiner Mätresse. Ein halbes Jahr darauf brannte sie ihm durch, lief zur Puffmutter zurück, was ihm nicht wenig Seelenqual bereitete. O Schreck! Er litt so fürchterlich, dass er sein Studium sausen ließ und zwei Jahre lang müßig in seiner Bude herumhockte. Doch schlug auch solches ihm zum Heile aus. Die Wirtin, eine Witwe, an die er sich anschloss, bewog ihn zum Umsatteln von der Jurisprudenz zur Philologie. Er tat's. – Nach Abschluss seiner Studien packt ihn die Leidenschaft für seine Derzeitige – na, wie soll ich sagen –, für die bereits verehelichte Dame, und man flieht gemeinsam in den Kaukasus, dem Ideal zuliebe … Eher heute als morgen kriegt er sie satt und flieht nach Petersburg zurück. Dem Ideal zuliebe …»

«Was du nicht weißt …», knurrte Samoilenko und sah ihn böse an. «Iss du lieber!»

Der nächste Gang bestand aus Meeräsche blau in polnischer Sauce[28]. Samoilenko legte jedem seiner Kostgänger einen ganzen Fisch vor, den er mit Sauce beträufelte. Etwa zwei Minuten lang blieb es still.

«Das Weib spielt nun einmal die Hauptrolle im Leben jedes Mannes», hob der Diakon an. «Nichts zu machen!»

«Schon. Bloß in welchem Maß? Jeder von uns hat in seiner Frau die Mutter, Schwester, Gattin, Gefährtin zugleich. Lajewski besitzt nichts als diese Frau. Und doch ist sie ihm einzig und allein das Weibchen. Sie – das heißt einfach: das Bett mit ihr zusammen – bedeutet Glück und Ziel seines Lebens. Ob er lustig ist oder traurig, mürrisch, enttäuscht – immer hängt dies von einem Weib ab. Wenn er das Leben satt hat, ist ein Weib daran schuld; geht ihm die Morgenröte neuen Lebens, neuer Ideale auf – wiederum: *cherchez la femme*[29]! Bücher und Bilder sagen ihm nur etwas, wenn sie das Weib darstellen. Er vertritt die Auffassung, die heutige Zeit sei schlecht, schlechter jedenfalls als die vierziger und sechziger Jahre, einzig deshalb, weil wir uns nicht bis zur Selbstvergessenheit an Liebesekstase und Leidenschaft verlieren. Offenbar besitzen Lustmolche seiner Art ein sarkomähnliches Gewächs im Gehirn, das auf dieses drückt und infolgedessen die ganze Psyche beherrscht. Man darf nur einmal Lajewski in Gesellschaft beobachten. Es fällt unmittelbar auf: Welches Thema von allgemeinem Interesse auch angeschnitten wird, etwa die Zelle, oder der Instinkt – er hockt abseits, tut den Mund nicht auf und hört nicht einmal zu; sein Gesicht ist müde und blasiert; nichts vermag ihn zu fesseln, alles ist ihm zu gering, zu fade. Sobald allerdings das Gespräch sich um Männchen und Weibchen dreht – etwa darum, dass bei Walzenspinnen[30] das männliche Tier vom weiblichen nach der Hochzeit verspeist wird –, glitzern seine Augen vor Neugier, seine Miene erhellt sich schlagartig, kurz – der Mann lebt förmlich auf! Sein Gedankenflug, ob in höherer oder banaler Sphäre, kreist im Grunde nur um diesen einen Punkt. Man geht mit ihm zusammen auf der Straße, begegnet zufällig einem Esel – sofort heißt es: ‹Sagen Sie, was kommt eigentlich bei der Kreuzung Eselin-Kamel heraus?› – Und erst seine Träume! Hat er euch mal seine Träume erzählt? Tolle Sache! Bald gibt man ihm den Mond zur Frau, bald wird er bei der Polizei vorgeladen und wird dazu verdonnert, mit einer Gitarre zu schlafen …»

Der Diakon brach in schallendes Gelächter aus. Samoilenko zog ein ärgerliches, geradezu grimmiges Gesicht, aber nur, um sich das Lachen zu verbeißen. Plötzlich gelang es ihm doch nicht mehr, und auch er lachte dröhnend los.

«Lauter Lügen!», sagte er schließlich und wischte sich die Tränen ab. «Bei Gott – lauter Lügen!»

IV

Der Diakon war ein überaus lachlustiger Mensch. Die geringste Kleinigkeit konnte einen Lachanfall bei ihm auslösen, dass er sich die Seiten hielt. Offenbar liebte er die Gesellschaft der Menschen nur darum, weil sie drollig waren und sich für Spitznamen eigneten. Samoilenko zum Beispiel hieß bei ihm Tarantel, und sein Bursche Erpel. Als gar von Koren eines Tages Herrn Lajewski und Nadjeshda Fjodorowna als Makakengesichter[31] bezeichnete, geriet der Diakon vor Entzücken reineweg aus dem Häuschen. Mit geradezu hungrigem Interesse besah er Physiognomien, hörte sich auch alles, was gesprochen wurde, an, ohne mit der Wimper zu zucken, doch füllten seine Augen sich dabei mit Lachen, seine Züge spannten sich vor Erwartung, wann endlich man nachgeben und losplatzen dürfe.

«Ein ganz verwahrlostes, verkommenes Subjekt ...», sprach der Zoologe weiter, während der Diakon, begierig auf erheiternde Aussprüche, seinen Blick nicht von ihm ließ. – «So eine fertige Null findet man nicht jeden Tag. Körperlich schlaff, welk, verbraucht. Geistig unterscheidet er sich in nichts von einer dicken Kaufmannsfrau, die nur säuft, schmaust, auf einem Federbett schläft und sich ihren Kutscher als Liebhaber hält.»

Wieder lachte der Diakon hell auf.

«Diakon, hören Sie auf zu lachen!», sagte von Koren. «Es wird nachgerade albern!» Erst als der Diakon sich beruhigt hatte, sprach er weiter. «Ich würde solchem Wicht gar keine Beachtung schenken, sondern ihn einfach übersehen, wäre er nicht ein so gefährlicher Schädling. Die Gefahr sehe ich in erster Linie darin, dass er bei den Weibern Erfolg hat. Also droht er Nachkommenschaft zu haben, das heißt, der Welt ein Dutzend Lajewskis zu bescheren, die so welk und morsch sind wie er selbst. Zweitens wirkt er selber im höchsten Maß ansteckend. Von Kartenspiel und Bier war bereits die Rede. Noch ein bis zwei Jahre, und er hat sich die ganze kaukasische Küste erobert. Ihr wisst doch, wie fest die Masse, vor allem der Mittelstand, an Intelligenz und Hochschulbildung glaubt, an noble Manieren und literarische Ausdrucksweise. Welche Lumperei er auch verübt, jeder glaubt, das sei in Ordnung, vielmehr, es müsse so sein, weil er ein intelligenter, liberaler und studierter Mann ist. Außerdem bekanntlich Pechvogel, überflüssiger Mensch, Neurastheniker, Opfer seiner Zeit – das bedeutet: Er hat Narrenfreiheit. Ein lieber Kerl, eine Seele von Mensch, neigt sich so herzlich zu menschlicher Schwachheit herab! Außerdem redselig, freigebig und keine Spur von Hochmut. Mit dem kann man saufen gehn und schwatzen! Und seine saftigen Witze! – Die Masse, schon immer dem Anthropomorphismus[32] in Religion und Moral zugetan, liebt die Götzen am meisten, bei denen sie eigene Schwächen wiederfindet. Und nun müsst ihr zugeben: welch weites Feld für die Verseuchung. Dazuhin ist er ein gewandter Hund und kein übler Schauspieler. Und jederzeit weiß er, wo sein Weizen blüht. Seht euch doch nur mal seine Gaunertricks an, zum Beispiel die Sache mit der Zivilisation. Noch nicht einmal beschnuppert hat er die Zivilisation! Und doch jault er immerzu: ‹Ach, wie sind wir Zivilisierten verkrüppelt! Ach, wie beneide ich jene Wilden, jene Naturkinder, von der Zivilisation unbeleckt …› Das soll natürlich heißen, er selber habe seit Olims Zeiten dieser Zivilisation von Herzen treu gedient, sie durch und durch erfasst und sei, erschöpft, zum Lohn von ihr enttäuscht, betrogen worden. Denn, seht ihr nicht? Er ist Faust[33]! Ein zweiter Tolstoi! Schopenhauer[34] und Spencer traktiert er wie Lausbuben, klopft ihnen väterlich auf die Schulter: ‹Na, mein lieber Spencer, wie geht's uns denn?› – Natürlich hat er Spencer nicht mal aufgeschlagen. Und doch, wie liebenswürdig wirkt der Kerl, wenn er mit feiner Ironie von seiner Herzdame zu berichten weiß: ‹Sie hat Spencer gelesen …› Alles lauscht, und kein Mensch begreift, dass so ein Scharlatan gar nicht das Recht hat, den Namen Spencer in den Mund zu nehmen, geschweige denn, Spencers Fuß zu küssen. Überall Wühlarbeit leisten, unter Zivilisation und Obrigkeit und fremden Altären, gleichzeitig sie allesamt mit Dreck bewerfen und dazu noch spaßhaft zwinkern, nur damit die eigene klägliche Minderwertigkeit verteidigt werde – das kann nur ein niedrigstehendes, eitles und widerliches Tier.»

«Ich weiß wirklich nicht, was du von ihm willst, Kolja.» Samoilenko sah den Zoologen nicht mehr böse, sondern eher schuldbewusst an. «Er ist eben ein Mensch wie wir alle. Natürlich hat er seine Schwächen, aber er geht doch mit der Zeit, er tut seinen Dienst und nützt seinem Vaterland. Vor etwa zehn Jahren war hier als Präsident ein alter Mann, ein ganz ungemein gescheiter Mensch, und der pflegte zu sagen …»

«Hör auf, sei so gut!», unterbrach ihn der Zoologe. «Du sagst: ‹Er tut seinen Dienst.› Was für ein Dienst soll das denn sein? Sind etwa, seit er hier aufgetaucht ist, die Verhältnisse besser geworden oder die Beamten gerechter, ehrlicher und höflicher? Ganz im Gegenteil. Seine

Autorität als intelligenter, studierter Mann hat die Sittenlosigkeit nur noch sanktioniert. Pünktlich ist er nur jeden Zwanzigsten im Monat, weil er da sein Geld kriegt. An jedem anderen Tag schlurft er in Pantoffeln zu Haus herum und tut, als erweise er der russischen Regierung allein durch seinen Aufenthalt im Kaukasus einen gewaltigen Dienst. Nein, Alexander Davidytsch, ergreife du lieber nicht seine Partei. Außerdem bist du in der Sache nicht ehrlich, und zwar auf der ganzen Linie. Hättest du ihn wirklich gern und sähest in ihm deinen Nächsten – dann wärest du nämlich seinen Fehlern gegenüber durchaus nicht gleichgültig, würdest sie nicht stillschweigend dulden, sondern tätest alles, auch in seinem Interesse, ihn unschädlich zu machen.»

«Wie bitte?»

«Unschädlich machen. Da er doch nicht mehr zu ändern ist, gibt's nur ein Mittel ...»

Von Koren fuhr sich mit einem Finger quer über den Hals. «Oder absaufen lassen, egal», fügte er hinzu. «Im Interesse der Menschheit und in ihrem eigenen gehören solche Leute ausgerottet. Unbedingt.»

«Was sagst du?», brummte Samoilenko, indem er sich langsam erhob und dem Zoologen ins unbeweglich kalte Gesicht starrte. «Diakon, was sagt er? – Du bist wohl nicht bei Trost?»

«Ich bestehe gar nicht auf der Todesstrafe»,[35] gab von Koren zur Antwort. «Falls sie sich als unzweckmäßig erwiesen hat, müsst ihr euch eben was anderes ausdenken. Wenn dieser Lajewski schon nicht ganz unschädlich gemacht werden kann, dann isoliert ihn wenigstens, nehmt ihm sein Privatleben, lasst ihn Zwangsarbeit tun.»

«Was sagst du?» Samoilenko war außer sich. Aber es entging ihm doch nicht, dass der Diakon im Begriff war, seinen Melonenkürbis ohne Zusatz von Pfeffer zu verspeisen, und er rief ihm daher ganz verzweifelt «Pfeffer! Pfeffer!» zu. – «Du, als ein grundgescheiter Mensch, wie kannst du so etwas sagen? Unser Freund, ein intelligenter, stolzer Mann!!»

«Wenn er seinen Stolz beweisen will und aufmuckt – dafür gibt's Handschellen!»

Samoilenko brachte kein Wort mehr heraus. Er sprach nur noch mit den Händen. Der Diakon betrachtete sein bestürztes Gesicht, das wirklich zu komisch aussah, und lachte laut auf.

«Und jetzt Schluss damit!», bestimmte der Zoologe. «Nur vergiss eines nicht, Alexander Davidytsch. Ursprünglich war die Menschheit vor den Lajewskis geschützt, und zwar durch Kampf ums Dasein und Selektion.[36] Unsere heutige Kultur hat sowohl den Kampf ums Dasein als die Selektion erheblich geschwächt, sodass wir selbst uns um die Ausmerzung schwacher und kranker Elemente kümmern müssen. Denn sonst, wenn wir nämlich die Lajewskis ins Kraut schießen lassen, gehen Zivilisation und Menschheit vollends vor die Hunde. Und schuld daran sind wir.»

«Wenn man die Leute ersäufen und hängen soll», sagte Samoilenko, «dann kann deine ganze Zivilisation sowieso der Satan holen! Der Satan, sage ich! Und die Menschheit auch! – Im Übrigen will ich dir mal was sagen. Du bist zwar ein gelehrtes Haus, ein ganz ungemein gescheiter Kerl und eine Zierde des Vaterlandes, aber die Deutschen haben dich verdorben! Jawohl, die Deutschen! Einzig und allein die Deutschen!»

Samoilenko hatte seit seinem Medizinstudium in Dorpat kaum mehr einen Deutschen zu Gesicht bekommen und erst recht kein deutsches Buch gelesen,[37] allein er war nun einmal der Überzeugung, alles Übel in Politik und Wissenschaft stamme von den Deutschen. Woher diese Überzeugung kam, konnte er selbst nicht sagen. Jedenfalls hielt er eisern an ihr fest.

«Jawohl, die Deutschen!», bekräftigte er noch einmal. «Und jetzt ab durch die Mitte – Tee trinken!»

Sie erhoben sich alle drei. Dann setzten sie ihre Hüte auf, gingen ins Gärtchen und machten es sich dort im Schatten von blassem Ahorn, Birnbaum und Kastanie bequem. Der Zoologe und der Diakon nahmen auf einem Bänkchen hinter dem Gartentisch Platz, während Samoilenko sich in einem Rohrsessel mit breiter, schräger Lehne niederließ. Der Bursche servierte Tee, Warenje[38] und eine Flasche Sirup.

Es war sehr heiß, etwa dreißig Grad im Schatten. Die schwüle Luft stand unbeweglich; ein großes Spinnennetz hing schlaff zwischen Kastaniengezweig und dem Erdboden.

Der Diakon griff nach der Gitarre, die immer neben dem Tischchen am Boden lag, stimmte sie und begann leise, mit dünner Stimme zu singen.

«Vor der Kneipe stehn die jungen,
Stehn die jungen Herrn Studentlein …»

Er wischte sich den Schweiß von der Stirn, sah zum glutheiß blauen Himmel hinauf. Samoilenko war schon halb eingenickt. Heiße Stille, Süße des Schlummers hielt seine Glieder wohlig umfangen, wirkte rasch erschlaffend und leicht berauschend; er saß mit hängenden Armen und winzigen Äuglein, das Kinn auf die Brust gedrückt. Beinahe zu Tränen gerührt sah er auf den Diakon und von Koren und murmelte: «Die neue Generation … Ein Stern der Wissenschaft und ein Kirchenlicht … Passt auf, wie schnell aus dem schwalbenschwänzigen Halleluja ein Metropolit wird, und man muss ihm die Hand küssen, natürlich … Na, meinetwegen … wie Gott will …» Nach kurzer Zeit ertönte sein Schnarchen.

Von Koren und der Diakon tranken ihren Tee aus und gingen.

«Sie werden vermutlich wieder Kaulquappen fangen, am Landungssteg?», erkundigte sich der Zoologe.

«Nein. Ist mir zu heiß.»

«Dann kommen Sie mit mir. Sie können ein Päckchen für mich postfertig machen und etwas abschreiben. Und dann überlegen wir, womit man Sie beschäftigen könnte. Denn Sie müssen was tun, Diakon! So geht's nicht weiter.»

«Ihre Worte sind logisch und gerecht», sagte der Diakon. «Allein meine Faulheit findet sich durch meine derzeitigen Lebensumstände vollauf gerechtfertigt. Sie wissen ja: Ungeklärte Verhältnisse verstärken die Apathie des

Menschen ganz erheblich. Ob man mich für kurz oder auf Lebenszeit hierhergeschickt hat, weiß Gott allein. Ich jedenfalls habe keine Ahnung. Und meine Diakonin sitzt bei ihrem Vater herum und langweilt sich zu Tod. Übrigens schlägt einem die Hitze tatsächlich aufs Gehirn.»

«Unsinn!», sagte der Zoologe. «An die Hitze kann man sich gewöhnen. Und ohne Diakonin – daran kann man sich ebenfalls gewöhnen. Jedenfalls wird nicht herumgefaulenzt. Man muss sich einfach in der Hand haben!»

V

Eines Morgens ging Nadjeshda Fjodorowna zum Strand, und hinter ihr die Köchin Olga mit Krug und Kupferbecken, Badetüchern und Schwamm. An der Reede lagen zwei ausländische Dampfer mit schmutzig weißen Schloten vor Anker, Frachter allem Anschein nach. Männer, in Weiß bis hinunter zu den Halbschuhen, promenierten auf dem Landungssteg, riefen Französisch etwas hinüber, laut, und man rief von den Schiffen zurück. Von der Kirche des Städtchens flog munteres Glockengeläut.

«Heute ist Sonntag!», ging es Nadjeshda Fjodorowna fröhlich durch den Sinn.

Sie fühlte sich kerngesund und dazu festtäglich froh gestimmt. Und sie sah entzückend aus in einem neuen, weiten Kleid aus Rohseide, im großen Strohhut, dessen breite Ränder so fest an die Ohren gedrückt waren, dass ihr Gesicht darin gebettet lag wie in einem Körbchen. Sie dachte, im ganzen Städtchen gebe es nur eine junge, schöne, kluge Frau – und zwar sie selbst, und sie allein verstehe es, sich billig und doch elegant und mit Geschmack zu kleiden. Dies hier zum Beispiel – nur zweiundzwanzig Rubel, und so hübsch! Im ganzen Städtchen weiß sie allein zu gefallen. Dazuhin gibt es viele Männer hier, und alle müssen sie Lajewski beneiden, ob sie wollen oder nicht!

Sie war ganz froh darüber, dass Lajewski sie in letzter Zeit kalt, betont höflich und zuweilen sogar unfein und grob behandelte. Früher hätte sie auf seine Ausfälle und verächtlichen, kalten oder rätselhaften Blicke jeweils schluchzend mit Vorwürfen geantwortet, oder auch mit der Drohung, sie werde ihm fortlaufen oder sich zu Tode hungern. Jetzt errötete sie bei solcher Gelegenheit nur, sah ihn schuldbewusst an und war zufrieden, dass er nicht zärtlich wurde. Hätte er sie gescholten oder gar bedroht, es wäre ihr noch lieber gewesen. Denn sie fühlte sich in jeder Beziehung ihm gegenüber schuldig. In erster Linie weil sie seine Schwärmerei vom einfachen Leben nicht mitmachen konnte, und gerade deshalb hatte er ja auf Petersburg verzichtet und war in den Kaukasus gereist. Mit Sicherheit glaubte sie hier den Grund seiner derzeitig so schlechten Stimmung zu erkennen. Als sie in den Kaukasus kam, war sie überzeugt, sie würde gleich am ersten Tag ein hübsches, wenn auch bescheidenes Fleckchen finden, dicht am Strand; ein lauschiges Gärtchen, schattenspendend, von Bächlein und Vögeln belebt; man könnte Blumen und Gemüse pflanzen, Enten und Hühner halten,

Gäste einladen, arme Bauern kurieren und Traktätchen an sie verteilen. Aber der Kaukasus war riesig und zerklüftet, kahles Gebirge oder Wald; man brauchte lange Zeit und endlose Mühe, sich halbwegs zu gewöhnen; Nachbarn gab es keine, dafür Bruthitze und Raubgesindel. Lajewski drängte nicht mit dem Ankauf eines Grundstücks, worüber sie sehr froh war; als herrsche wortloses Einverständnis, wurde das einfache Leben nicht mehr erwähnt. Sie aber deutete sein Schweigen als Zorn auf ihr eigenes.

Außerdem hatte sie in den zwei Jahren ohne sein Wissen in Atschmianows Laden Verschiedenes zusammengekauft, für rund dreihundert Rubel, immerhin. Einmal Stoff, dann wieder etwas Seide oder einen Sonnenschirm – unmerklich war die Schuld gewachsen.

«Heute sage ich ihm alles!», nahm sie sich vor. Aber gleich fiel ihr ein, das Thema Schulden sei für seine derzeitige Laune gewiss übel gewählt.

Zum Dritten hatte sie, in Lajewskis Abwesenheit, schon zweimal Besuch empfangen von Herrn Kirilin, Polizeipräfekt; einmal morgens, während Lajewski am Strand, und einmal um Mitternacht, als er noch beim Kartenspiel war. Nadjeshda Fjodorowna wurde flammend rot in der Erinnerung, sah sich nach der Köchin Olga um, scheu, als könne jene Gedanken lesen. Langsam dahinschleichende, qualvoll heiße Tage, wunderbare Abende voll Sehnsucht, schwüle Nächte – dies ganze Leben, darin man von früh bis spät mit einem Übermaß an Zeit nichts anzufangen wusste; stetiges Grübeln, weshalb ihre Jugend hier verblühen müsse, wo doch gerade sie die jüngste, schönste Frau im ganzen Städtchen war – und dazu Lajewski, geistreich und honett, gewiss, aber langweilig; ewig pantoffelschlurfend, nägelkauend, ödete er alle Welt an mit seinen Grillen. All dies bewirkte, dass langsam bestimmte Wünsche sie beherrschten, dass sie zuletzt Tag und Nacht wie eine Irre nur immer an eines denken musste. In ihrem eigenen Atem und Blick, im Gang, im Klang ihrer Stimme war nichts als Verlangen. Die Meeresbrandung sprach ihr von Liebe, das abendliche Dunkel auch, das Gebirge auch. Als dann Kirilin ihr den Hof zu machen anfing, war ihre Kraft zu Ende. Sie mochte und konnte nicht widerstehen. Sie gab nach.

Die fremden Dampfer und die Männer in Weiß – es war wie ein riesiger Saal; zusammen mit dem französischen Idiom tönte in ihren Ohren eine Walzermelodie, und das Herz bebte ihr vor grundloser Freude. Wie gerne hätte sie getanzt, französisch parliert!

Befriedigt redete sie sich ein, es sei an dem Betrug so gar nichts Schreckliches. – Ihre Seele hat ja nicht teil am Betrug. Sie liebt Lajewski wie zuvor, man sieht es an ihrer Eifersucht, an Mitleid und Sehnsucht, sobald er nicht zu Hause ist. Überdies hat sich Kirilin als recht mittelmäßig erwiesen, dazu grobschlächtig, wenn er auch sehr gut aussieht. Überhaupt ist die Sache aus und vorbei. Was geschehen ist, ist geschehen. Geht niemanden an. Und wenn Lajewski davon hört – glauben wird er es nie.

Am Strand gab es nur ein Badehaus für Damen; die Herren badeten unter freiem Himmel.

Nadjeshda Fjodorowna fand bei ihrem Eintritt die Matrone und Beamtengattin Marja Konstantinowna Bitjugowa vor samt fünfzehnjährigem Töchterlein Katja, Gymnasiastin; beide saßen auf der Bank und zogen sich aus. Marja Konstantinowna war gutmütig, zartbesaitet und überspannt; sie sprach gedehnt und mit Pathos. Mit zweiunddreißig Jahren, von Beruf Gouvernante, hatte sie den Beamten Bitjugow geehelicht, einen kleinen, überaus stillen Mann, der die spärlichen Reste seines Haares über die Schläfen gekämmt trug. Sie war noch heute in ihn verliebt, sogar eifersüchtig, errötete, wenn jemand das Wort «Liebe» aussprach, und erzählte jedermann, wie sehr glücklich sie sei.

«Meine Liebe!», flötete sie, als Nadjeshda Fjodorowna eintrat. Gleichzeitig wurde ihr Gesichtsausdruck mandelsüß, wie ihre Freunde das zu nennen pflegten. «Meine Liebe, wie schön, dass Sie auch kommen! Jetzt baden wir alle zusammen – himmlisch!»

Olga warf Rock und Hemd ab; dann begann sie ihre Herrin zu entkleiden.

«Heute ist es wenigstens nicht so schwül wie gestern, finde ich», sagte Nadjeshda Fjodorowna, unter den groben Händen ihrer nackten Köchin immer wieder zusammenzuckend. «Gestern bin ich vor Hitze fast gestorben.»

«Sie auch, Teuerste? Ich bin auch beinahe erstickt. Ob Sie es glauben oder nicht: Dreimal war ich gestern baden, stellen Sie sich vor, dreimal, meine Liebe! Nikodim Alexandrytsch war direkt beunruhigt.»

«Wie kann man nur so hässlich sein?», dachte Nadjeshda

Fjodorowna beim Anblick von Olga und der Beamtengattin. Dann streifte sie Katja mit einem Blick. «Dagegen ist die Kleine gut gewachsen.»

«Ihr Nikodim Alexandrytsch ist aber auch ein zu lieber Mensch», sagte sie. «Zum Verlieben!»

«Ach?» Marja Konstantinowna lachte etwas gezwungen auf. «Das finde ich köstlich!»

Kaum ihrer Kleidung ledig, war Nadjeshda Fjodorowna, als könne sie fliegen. Ihr schien, sie brauche nur die Arme zu heben, und schon schwebe sie davon. Doch sah sie wohl, mit welch verächtlichem Blick Olga ihren weißen Körper musterte. Diese Olga, junge Soldatenfrau, lebte ordnungsgemäß mit dem ihr angetrauten Mann, und so dünkte sie sich besser, ihrer Herrin überlegen. Auch Marja Konstantinowna und sogar Katja empfanden keinerlei Respekt vor ihr, eher Furcht; Nadjeshda Fjodorowna fühlte es deutlich. Es berührte sie unangenehm, und um sich irgendwie Ansehen zu verschaffen, bemerkte sie kurz: «In Petersburg ist jetzt Hochsaison. Wir haben so viele Freunde dort, mein Mann und ich! Man sollte wirklich hinfahren und alle mal wiedersehen!»

«Ihr Mann ist, glaube ich, Ingenieur?», fragte Marja Konstantinowna sanft.

«Ich spreche von Lajewski. Er hat massenhaft Freunde da oben. Leider wohnt eben auch seine Mutter dort in der Nähe, Aristokratin, sehr adelsstolz …»

Aber Nadjeshda Fjodorowna sprach den Satz nicht zu Ende; sie war mit einem Satz im Wasser. Marja Konstantinowna und Katja stiegen vorsichtig hinter ihr drein.

«In unseren Kreisen gibt es viele Vorurteile», begann Nadjeshda Fjodorowna noch einmal. «Es lebt sich gar nicht so leicht, sieht nur so aus!»

Nun war aber Marja Konstantinowna in Adelsfamilien Gouvernante gewesen und mit den Gepflogenheiten der großen Welt sozusagen vertraut. So rief sie ihrerseits: «Und ob! Ob Sie's glauben oder nicht, Liebste, bei den Garatynskijs[39] wurde mittags und abends zu Tisch Toilette gemacht. Tag für Tag, und so bekam ich außer dem Gehalt noch Zuschuss für die Garderobe, genau wie beim Theater …»

Sie stand zwischen Nadjeshda Fjodorowna und Katja, als wolle sie das Töchterlein behüten vor dem Wasser, das jene umspülte … Durch die offene Tür des Badehauses sah man, etwa hundert Schritt entfernt, jemanden vorbeischwimmen.

«Mama, unser Kostja!», rief Katja.

«Ach du liebe Zeit!» Marja Konstantinowna gluckte angstvoll, wie eine Bruthenne. Aber dann schrie sie: «Kostja, zurück! Sofort zurück, Kostja!»

Worauf Kostja, ein etwa vierzehnjähriger Bursche, um Mutter und Schwester seine Kühnheit zu beweisen, tauchte und unter Wasser weiterschwamm. Doch musste ihn dies rasch ermüden, denn er nahm dann etwas hastig Kurs aufs Land zu, und seinem ernsten, angespannten Gesicht war anzusehen, er sei von seiner Kraft nicht allzu überzeugt.

«Ein Elend ist das mit den Knaben, meine Liebe!», stellte Marja Konstantinowna fest, nachdem sie sich beruhigt hatte. «Im Nu bricht einer sich den Hals. Ach, Liebste, wie schön und doch wie schwer ist das Los einer Mutter! Man kommt aus der Angst nicht heraus!»

Nadjeshda Fjodorowna setzte ihren Strohhut auf und schwamm ins Meer hinaus. Draußen, nicht mehr als etwa vierzig Meter vom Strand, ließ sie sich, auf dem Rücken liegend, treiben. Sie sah das Meer bis zum Horizont, und Schiffe darauf; an Land Menschen, dahinter das Städtchen – all dies und dazu Hitze und durchsichtig klares, zärtliches Wasser erregte ihre Sinne, murmelte ihr zu, sie müsse leben, leben! Ein Segelboot flog vorbei, kraftvoll Luft und Wellen teilend; am Steuer saß ein Mann und betrachtete sie; sie empfand seinen Blick als angenehm.

Nach dem Bad kleideten die Damen sich an und gingen zusammen weg.

«Jeden zweiten Tag habe ich Fieber, und doch nehme ich nicht ab», erzählte Nadjeshda Fjodorowna unterwegs. Sie fuhr sich mit der Zungenspitze über die vom Meerwasser salzigen Lippen, dankte lächelnd, wenn sie gegrüßt wurde. «An sich war ich schon immer füllig, und jetzt noch etwas mehr, scheint mir.»

«Alles Veranlagung, Liebste. Wenn jemand nicht zur Fülle neigt, wie zum Beispiel ich, kann er noch so viel essen, er wird niemals dick. Übrigens ist Ihr Hut nass geworden, Liebste.»

«Ach, der trocknet schon.»

Wieder erblickte Nadjeshda Fjodorowna die Männer in Weiß; sie promenierten jetzt am Strand, unterhielten sich französisch. Und wieder hüpfte ihr Herz vor Freude;

unklare Erinnerung stieg auf an einen Riesensaal, darin sie einst getanzt, und sei es nur im Traum. Daneben war ihr, als raune etwas im Innersten ihr zu, sie sei ja doch nur ein schlechtes und ganz jammervoll verkommenes Frauenzimmer.

Marja Konstantinowna blieb an ihrer Haustür stehen und lud die andere ein, etwas bei ihr zu verweilen.

«Ich bitte Sie, meine Liebe!» Ihre Stimme klang geradezu flehend, während ihr Blick gelangweilt an Nadjeshda Fjodorowna hängen blieb, voll Hoffnung, sie werde doch gewiss nicht annehmen.

Aber Nadjeshda Fjodorowna sagte zu. «Mit Vergnügen! Sie wissen doch, wie gern ich bei Ihnen bin!» Und ging ins Haus. Marja Konstantinowna lud ihren Gast ein, sich bequem zu setzen, bot Kaffee und feines Backwerk an, zeigte Photographien ehemaliger Zöglinge – die Damen Garatynskij, mittlerweile selber verheiratet – und wies Katjas und Kostjas Examensnoten vor. Die Noten waren sehr gut, doch wollte sie sie immer noch mehr ins Licht rücken und klagte seufzend darüber, wie viel doch heutzutage am Gymnasium verlangt würde. Sie verwöhnte die Besucherin, die ihr einerseits leidtat; andererseits litt sie bei dem Gedanken, die bloße Gegenwart Nadjeshda Fjodorownas möge Kostja und Katja schlecht beeinflussen. Wenigstens ihr Nikodim Alexandrytsch war nicht zu Hause; wie gut! Denn ihrer Überzeugung nach hatte jeder Mann «für so eine» etwas übrig, sodass auch Nikodim Alexandrytsch durch Nadjeshda Fjodorownas Besuch Schaden nehmen konnte.

Während des Gesprächs dachte Marja Konstantinowna immerzu an das für den Abend geplante Picknick und von Korens ausdrückliche Bitte, den Affen – also Lajewski und Nadjeshda Fjodorowna – nichts davon zu sagen. Aber sie verhaspelte sich hoffnungslos, wurde flammend rot und stotterte verlegen: «Sie kommen doch auch, hoffe ich?»

VI

Das Ausflugsziel lag etwa sieben Werst südlich der Stadt, unweit eines Duchan[40], am Zusammenfluss zweier Gebirgsbäche, genannt der Schwarze und der Gelbe Fluss.[41] Dort sollte Fischsuppe gekocht werden. Kurz nach fünf fuhr die Gesellschaft ab: voraus ein Jagdwagen mit Samoilenko und Lajewski; dann eine Kutsche, dreifach bespannt, mit Marja Konstantinowna, Nadjeshda Fjodorowna, Katja und Kostja samt Proviantkorb und Geschirr. Es folgte eine Kalesche mit dem Polizeipräfekten Kirilin und dem jungen Atschmianow – Sohn jenes Kaufmanns Atschmianow, dem Nadjeshda Fjodorowna dreihundert Rubel schuldig war – ; ihnen gegenüber, auf dem Klappsitz, kauerte Nikodim Alexandrytsch mit hochgezogenen Beinen, klein, korrekt, spärliches Haar sorgfältig über die Schläfen gekämmt. Die Nachhut bildete ein Wagen mit von Koren und dem Diakon, welcher den Korb mit Fischen zwischen seine Knie geklemmt hielt.

«Rrrechts!», schrie Samoilenko jedes Mal aus Leibeskräften, wenn auf der Straße eine Arba[42] oder auch ein Abchase auf seinem Esel der Kolonne entgegenkam.

«In zwei Jahren, wenn ich Geld und Leute beisammenhabe, gehe ich auf Expedition!», erzählte von Koren dem Diakon. «Ich will der Küste entlang reisen, von Wladiwostok bis zur Beringstraße, und von dort bis zur Jenissej-Mündung. Kartenzeichnen, Studium von Flora und Fauna, gründliche Forschung auf dem Gebiet der Geologie, Anthropologie, Ethnographie. Hängt von Ihnen ab, ob Sie mitkommen.»

«Geht ja nicht», sagte der Diakon.

«Und warum nicht?»

«Ich bin ja kein lediger Mensch. Ich bin doch verheiratet.»

«Ihre Diakonin wird Sie schon weglassen. Und versorgt wird sie auch. Noch besser natürlich, Sie bringen ihr bei, es sei für alle Teile das Gescheiteste, wenn sie ins Kloster ginge. Dann könnten Sie Mönch werden, und wir hätten einen Priester für die Expedition. Ich bin Ihnen gern dabei behilflich.»

Der Diakon schwieg.

«Sind Sie eigentlich in Ihrer theologischen Literatur bewandert?»

«Mäßig.»

«Hm ... Auf dem Gebiet kann ich Ihnen keinen Rat geben; in Theologie bin ich selber nicht sattelfest. Aber Sie schreiben mir einfach die Bücher auf, die Sie brauchen, und ich schicke sie Ihnen im Winter von Petersburg aus zu. Außerdem sollten Sie sich die Aufzeichnungen geistlicher Forschungsreisender zu Gemüte führen; gute Ethnologen dabei, und gute Kenner östlicher Sprachen. Sobald Sie halbwegs orientiert sind, fällt Ihnen die eigene Arbeit leichter. Und solange die Bücher noch nicht da sind, verplempern Sie ja nicht Ihre Zeit! Kommen Sie gescheiter zu mir, dann studieren wir den Kompass und erst mal Meteorologie. Gehört natürlich alles dazu.»

«Schon …», murmelte der Diakon. Aber dann musste er wieder lachen. «Aber ich habe mich doch um eine Pfarrei in Mittelrussland beworben, und mein Onkel, der Erzpriester[43], will mir dabei helfen. Wenn ich mit Ihnen losfahre, habe ich ihn also für nichts und wieder nichts belästigt.»

«Trotzdem verstehe ich Ihre Unentschlossenheit nicht. Wenn Sie weiterhin ein kleiner Diakon bleiben, der nur am Sonntag amtiert und sich den Rest der Woche von dieser Arbeit erholt, dann sind Sie noch in zehn Jahren derselbe wie heute – bestenfalls kommen noch Bart und Schnurrbart hinzu. Gehen Sie aber in diesen zehn Jahren mit mir auf Expedition, so kommen Sie als ein anderer wieder, reich im Bewusstsein eigener Leistung.»

Aus der Damenkutsche hörte man bald Gekreisch, bald laute Rufe des Entzückens, denn die Fahrzeuge bewegten sich nun auf dem in steile Gebirgswand eingesprengten Weg; man hatte den Eindruck, es gehe auf schmaler, der Felswand waagrecht und nur lässig angeklebter Leiste vorwärts, und jeden Augenblick können die Wagen in den Abgrund stürzen. Rechts dehnte sich das Meer, links stieg jäh die Wand hoch, raues Gestein, braun, schwarzfleckig, rot geädert, stellenweise von einem Netz aus Wurzelwerk bedeckt; hoch oben hing zottiger Wacholder über, furchtsam, neugierig. Schon gab es wieder Gekreisch und Gelächter; man war unter einem weit ausladenden Riesenfelsstück durchgefahren.

«Welcher Teufel mich bloß geritten hat, dass ich mit euch hier herumkutschiere?», fragte Lajewski. «Total verrückt! Ich will doch nordwärts fahren, fort, davon! Stattdessen mache ich dies blöde Picknick mit!»

«Sieh dir lieber die Aussicht an, herrlich, was?», sagte Samoilenko nur. In dem Augenblick bogen die Pferde links ab: Das Tal des Gelben Flusses tat sich auf; ein kurzes Blinken, gelbtrübe, wilde Wasserstrudel …

«Kann ich nicht finden, Sascha. Diese beständige Naturschwärmerei ist nur ein Armutszeugnis für die eigene Phantasie. Verglichen mit den Bildern meiner Phantasie sind all die Bäche und Steine hier der pure Dreck, nichts weiter.»

Schon fuhren die Wagen neben dem Fluss her. Die hohen Bergwände rückten zusammen, das Tal verengte sich wie zu einem Pass. Die Felswand links des Weges war von der Natur aus Riesenquadern gefügt, mit unerhörter Wucht, Klotz auf Klotz getürmt; wenn Samoilenko hochsah, hüstelte er. Der düstere, schöne Berg war hie und da zerklüftet von tief eingekerbten Spalten, daraus es die Vorbeifahrenden feucht und geheimnisvoll anwehte; am Ende solcher Schlucht sah man zuweilen Gipfel, braun, rosig, fliederfarben, in Bergrauch gehüllt oder lichtübergossen. Manchmal wurde selbst durch den Wagenlärm ein

Wasserfall hörbar, der hoch droben zischend aufs Gestein traf.

Lajewski seufzte. «Wie zuwider es mir ist, dies verdammte Gebirge!»

Da, wo der Schwarze Fluss sich in den Gelben ergießt, dass durch sein tintenschwarzes Wasser das gelbe plötzlich schwarz gefleckt erscheint, stand, etwas abseits vom Weg, der Duchan des Tataren Kerbalaj, die russische Flagge auf dem First, das Wirtshausschild mit Kreide beschriftet: «Zur angenehmen Rast». Ein Gärtchen, von Flechtzaun eingefriedet, Bänke und Tische darin; aus elendem Dorngestrüpp ragte schön, dunkel, einsam eine Zypresse.

Kerbalaj, ein munterer kleiner Tatar in blauem Hemd und weißer Schürze, stand am Weg, hielt die Hände unterhalb des Bäuchleins gefaltet und verneigte sich tief vor den anrollenden Wagen, lächelnd, sodass seine schneeweißen Zähne sichtbar wurden.

«Grüß dich, Kerbalajka!», rief Samoilenko im Vorbeifahren. «Wir halten gleich da drüben. Bring Stühle! Und den Samowar! Aber bisschen hoppla!»

Kerbalaj nickte mit seinem glatt geschorenen Kopf. Er murmelte etwas, aber nur die im letzten Wagen konnten es verstehen.

«Forellen wären da, Euer Exzellenz …»

«Immer her damit!», rief von Koren zur Antwort. Etwa fünfhundert Schritt hinter dem Duchan machten die Kutschen halt. Samoilenko hatte eine kleine Wiese gewählt, auf der zum Sitzen geeignete Steinblöcke verstreut lagen und ein vom Sturm gefällter Baum, dessen in die Luft starrende Wurzeln schon das Moos überzogen hatte; die Nadeln waren gelb und dürr. Ein Brettersteg führte über den Bach, gerade auf einen Schuppen zu, darin Maiskolben getrocknet wurden. Er stand auf vier niederen Pfosten, wie die Hütte auf Hühnerfüßchen im Märchen;[44] von der Tür war eine Hühnerleiter heruntergelassen.

Der erste Eindruck bei jedem war, hier komme man gewiss nie wieder heraus. Ringsum türmten sich Berge; wie es schien, schloss sich der Ring immer fester. Unheimlich schnell wuchs abendlicher Schatten vom Duchan und der dunklen Zypresse herüber; schmaler noch wirkte das gewundene Schwarzflusstal, schwerer lasteten die Berge. Wasser rauschte, Zikaden zirpten, endlos.

«Bezaubernd!» Marja Konstantinowna seufzte hörbar vor lauter Entzücken. «Kinder, seht nur, wie herrlich! Und diese Stille!»

«Wirklich schön!», stimmte ihr Lajewski zu. Ihm gefiel dieser Platz. Aber als er zum Himmel aufsah und hinüber zum blauen Räuchlein, das sich aus dem Schornstein des Duchan kräuselte, wurde er wieder melancholisch.

«Wirklich schön ...», sagte er noch einmal.

«Iwan Andrejitsch, bitte, beschreiben Sie doch dieses Bild!» Marja Konstantinownas Stimme klang tränenumflort.

«Wozu?», sagte Lajewski. «Der unmittelbare Eindruck ist besser als jede Beschreibung. Der Reichtum an Farbe und Klang, den die Natur einfach durch ihr Dasein spendet, wird von den Dichtern ja nur zerredet, und zwar widerwärtig, bis zur Karikatur.»

«Wie bitte?», fragte von Koren eisig. Er hatte sich den größten Steinblock, dicht am Wasser, ausgesucht und war eben dabei, seinen Sitz zu erklimmen. «Wie bitte?», fragte er noch einmal und sah Lajewski gleichsam erstarrt an.

«Und ‹Romeo und Julia›[45]? Und, zum Beispiel, Puschkins ‹Ukrainische Nacht›[46]? Da kann sich die Natur verstecken! Sich im besten Fall tief vor dem Dichter verneigen!»

«Wenn Sie meinen», sagte Lajewski nur, viel zu träge zu Nachdenken oder Widerspruch. Aber dann fing er doch wieder an. «Übrigens, was ist eigentlich so Besonderes an ‹Romeo und Julia›? Liebe – schön, poetisch, heilig dargestellt. Nichts als rosenüberdeckte Fäulnis. Als ob Romeo nicht ein Tier wäre wie alle anderen auch.»

«Mit Ihnen kann man reden, wovon man will. Sie führen alles zurück auf …» Von Koren sah nach Katja hinüber, sprach den Satz nicht zu Ende.

«Zurück auf …?», wollte Lajewski wissen.

«Man zeigt Ihnen zum Beispiel eine besonders schöne Traube und sagt: ‹Ist sie nicht prächtig?› Sie aber antworten mit Sicherheit: ‹Schon, aber ist sie nicht ekelhaft, in zerkautem Zustand, und dann im Magen, verdaut?› – Warum reden Sie immer solche Dinge? Es ist nicht einmal originell und, überhaupt, mehr denn eigenartig …»

Lajewski wusste wohl, dass von Koren ihn nicht leiden mochte, daher fürchtete er ihn, fühlte sich durch seine bloße Anwesenheit beengt, geradezu hinterrücks bedroht. Er gab keine Antwort, ging beiseite und bedauerte von Herzen, mitgefahren zu sein.

«Ausschwärmen, Herrschaften! Marsch, ab zum Reisigsammeln fürs Feuer!», kommandierte Samoilenko.

Alle liefen weg, außer Kirilin, Atschmianow und Nikodim Alexandrytsch. Kerbalaj schleppte Stühle herbei, rollte einen Teppich aus und stellte einige Flaschen Wein bereit. Der Polizeipräfekt Kirilin, ein hochgewachsener, stattlicher Mann, der bei jedem Wetter den Uniformmantel umgehängt trug, war mit seiner stolzen Haltung, seinem wuchtigen Schritt und leicht heiseren Bass das Urbild eines Provinzialpolizeioffiziers der jungen Generation. Im Augenblick sah er mürrisch und verschlafen aus, als habe man ihn jäh geweckt.

«Was soll das, du Rindvieh!», fuhr er Kerbalaj an, wobei er jedes Wort schwer und gleichmäßig betonte. «Kwarli[47] hab ich bestellt! Und was schleppst du Tatarenschnauze an? Wie? Was?»

«Wir haben doch unseren Wein dabei, Jegor Alexejitsch», wagte Nikodim Alexandrytsch schüchtern zu bemerken.

«Was? Ich jedenfalls wünsche, dass auch von mir Wein dabei ist! Ich sollte meinen, wenn ich an einem Picknick teilnehme, habe ich auch das unbestrittene Recht zu spendieren! Sollte ich meinen! Also: Du bringst zehn Flaschen Kwareli!»

«Warum denn so viel?» Nikodim Alexandrytsch war ganz entsetzt, zumal er wusste, dass Kirilin kein Geld hatte.

«Zwanzig Flaschen! Dreißig!», schrie Kirilin.

«Lassen Sie nur», flüsterte Atschmianow Nikodim Alexandrytsch zu. «Ich bezahle.»

Nadjeshda Fjodorowna war lustig, geradezu ausgelassen. Herumtollen und recht nach Herzenslust lachen wollte sie, jubeln, ihren Spaß haben, kokettieren! In ihrem Kattunfähnchen – billig, blau getupft –, in roten Schuhen und dem unvermeidlichen Strohhut dünkte sie sich graziös und natürlich, lieblich und leicht wie ein Schmetterling. Sie lief über den schwankenden Steg, hielt plötzlich an, sah ins Wasser hinab, bis ihr schwindelte, stieß einen kleinen, glücklichen Schrei aus, lief lachend ans andere Ufer, zum Maisschuppen. Ihr war, die Männer seien alle in sie verliebt, alle, samt Kerbalaj. Als bei rasch einfallender Dunkelheit die Linien von Baum und Berg, von Pferd und Wagen ineinanderflossen und die Fenster des Duchan hell wurden, stieg sie ein Stück bergan, auf einem Pfad, der sich durch Dorngestrüpp, an Felsbrocken vorbei schlängelte, und setzte sich auf einen Stein. Unten flammte schon das Feuer. Der Diakon, Ärmel hochgekrempelt, bewegte sich davor hin und her; wie ein Uhrzeiger strich sein langer, schwarzer Schatten darüber hin; er schob Reisig nach, rührte im Kessel, zu welchem Zweck er einen Löffel an einen langen Stab gebunden hatte. Samoilenko, kupferrot im Gesicht, wirbelte ums Feuer, als sei er in seiner Küche, und rief grimmig: «Und das Salz, Herrschaften? Vergessen, klar! Und warum hockt ihr eigentlich alle da wie die Gutsbesitzer und lasst mich allein schuften?»

Auf dem gestürzten Baum saßen Lajewski und Nikodim Alexandrytsch einträchtig nebeneinander, schweigsam in die Flamme starrend. Marja Konstantinowna,

Katja und Kostja gruben Teegeschirr und Teller aus dem Korb. Von Koren stand dicht am Wasser, in Gedanken vertieft, hatte die Arme gekreuzt, einen Fuß gegen den Stein gestemmt. Schatten und rotfleckiger Feuerschein überlief den Erdboden, dass die Figuren darauf umso dunkler wirkten; überlief zitternd Bergwand und Bäume, Schuppen und Steg; die ausgewaschene, steile Böschung fing flimmernd das Licht, spiegelte sich im Fluss, aber nur kurz, denn das Wildwasser toste und riss das Spiegelbild in Stücke.

Der Diakon sollte die Fische holen, welche Kerbalaj am Ufer wusch und ausnahm. Auf halbem Weg blieb er stehen und sah sich um. «Mein Gott, wie schön!», dachte er. «Menschen, Steine, Feuer, Nacht, ein verkrüppelter Baum, nichts sonst. Aber wie schön!»

Beim Schuppen tauchten etliche Gestalten auf. In der wechselnden Beleuchtung, im Rauch des Lagerfeuers, der gerade dort hinüber trieb, konnte man sie nicht auf einmal erkennen, sondern nur einzelne Flecke: eine Pelzmütze über grauem Bart, ein blaues Hemd; ein Gewand, zerfetzt von den Schultern bis zum Knie, aber der Dolch quer über den Bauch gegürtet; ein junges sonnverbranntes Gesicht, die Brauen darin tiefschwarz und schmal, wie mit Kohle gezeichnet. Etwa fünf der Leute gingen in die Maishütte, weitere vier bis fünf setzten sich im Kreis auf den Boden davor. Einer stand auf der Schwelle, vom Feuer abgewandt, hatte die Arme auf dem Rücken verschränkt und erzählte etwas, offenbar sehr fesselnd; denn als Samoilenko Reisig nachlegte, sodass sein

Feuer, erst hoch aufflammend, dann sprühender Funkenregen, die Hütte hell beschien, sah man im Türrahmen zwei Gesichter regungslos, wie gebannt, lauschen; und so auch lauschten, dem Erzähler zugewandt, die im Kreis Sitzenden. Kurz danach sangen sie leise und gedehnt eine Melodie, ganz ähnlich einem Kirchenlied der Großen Fastenzeit. Der Diakon lauschte auch und sah sich selbst in seiner Phantasie, nach Rückkehr von zehn Jahren Expedition: ein noch junger Mönchspriester, Missionar, Schriftsteller von Rang, mit sehr beachtlicher Vergangenheit; er wird zum Archimandriten[48], später zum Bischof geweiht; er zelebriert die Messe im Dom; in goldener Mitra, das Muttergottesbild auf der Brust,[49] tritt er zum Altar, segnet die Masse des Volks mit dem dreiarmigen und dem zweiarmigen Leuchter: «Herr, sieh vom Himmel herab, schau und suche heim Deinen Weinberg, so Deine Rechte gepflanzt hat …»[50] Und die Kinder respondieren mit Engelsstimmen: «Heiliger Gott …»

«Wo bleibt der Fisch, Diakon?», dröhnte Samoilenkos Stimme.

Am Feuer träumt der Diakon weiter. Ein heißer Julitag. Auf staubiger Straße zieht die Prozession:[51] voraus Männer mit Kirchenfahnen, dann Frauen und Jungfrauen, Heiligenbilder tragend; Knabenchor und Küster – dieser mit verbundener Backe und Strohhälmchen im Haar; dann, schön der Ordnung nach, er selbst, der Diakon, hinter ihm der Pope mit Kreuz und Käppchen und dann, in einer Staubwolke, Bauern, Weiber, Halbwüchsige; unter der Masse von Kopftüchern auch seine Diakonin und die Popenfrau. Der Chor singt, Kinder plärren, Wachteln schlagen, über allem trillert eine Lerche. Die Prozession hält an, eine Viehherde wird mit Weihwasser besprengt. Die Prozession zieht weiter, kniefällig fleht sie um Regen. Später wird geschmaust und geschwatzt …

«Und das ist auch schön!», denkt der Diakon.

VII

Kirilin und Atschmianow kletterten den Pfad bergan. Dann blieb Atschmianow zurück, während Kirilin geradewegs auf Nadjeshda Fjodorowna zuging.

«Guten Abend!» Er salutierte.

«Guten Abend.»

«So, so …», sagte er, nachdenklich zum Himmel aufsehend.

Erst schwieg Nadjeshda Fjodorowna, dann entdeckte sie Atschmianow, der sie aus einiger Entfernung beobachtete. «Was heißt: ‹So, so?›», fragte sie.

«Das heißt, unsere Liebe ist verwelkt und hat noch kaum geblüht. Das heißt es.» Der Offizier sprach langsam und mit Nachdruck. «Wie, meinen Sie, soll ich das auffassen? Ist das eine besondere Art von Koketterie Ihrerseits, oder halten Sie mich vielleicht für irgendeinen Lumpen, mit dem Sie umspringen können, wie Sie gerade Spaß dran haben?»

«Ich hab mich eben getäuscht! – Gehen Sie!», sagte Nadjeshda Fjodorowna scharf. An diesem zauberhaft schönen Abend jagte ihr sein Anblick nichts als Furcht ein, und sie fragte sich fassungslos, ob tatsächlich dieser Mensch ihr auch nur einen Augenblick lang hatte gefallen und nahe sein können.

«Ach so ...», sagte Kirilin. Er stand eine Weile herum, schweigend, nachdenklich. Dann fuhr er fort: «Na schön. Warten wir mal ab, bis Sie besserer Stimmung sind. Vorläufig darf ich Sie darauf hinweisen, dass ich ein anständiger Mensch bin und niemandem gestatte, dies zu bezweifeln. Spielen lasse ich nicht mit mir! Adieu!»

Wiederum salutierte er. Dann ging er weg, musste sich dabei durchs Gestrüpp zwängen. Bald darauf schlenderte Atschmianow herbei, sichtbar etwas verlegen.

«Schöner Abend heute ...», begann er, mit leicht armenischem Akzent.

Er sah recht gut aus, ging nach der Mode gekleidet, gab sich schlicht, wie ein wohlerzogener Bürgerssohn, aber Nadjeshda Fjodorowna mochte ihn schon darum nicht, weil sie seinem Vater dreihundert Rubel schuldete; außerdem war es ihr unangenehm, dass irgendein Ladenschwengel am Picknick teilnahm und dass er ausgerechnet an solchem Abend, da sie ihr Herz so rein halten wollte, mit ihr anbändeln musste!

«Überhaupt – ein gelungenes Picknick», fing er nach einem Moment des Schweigens wieder an.

«Ja.» Leichthin, als fiele es ihr plötzlich ein, sagte sie: «Übrigens, bestellen Sie doch im Geschäft, dieser Tage komme Iwan Andrejitsch vorbei und bezahle die dreihundert – oder wie viel es sind.»

«Ich würde gern noch dreihundert dazulegen, nur damit Sie nicht täglich davon anfangen. Warum denn so viel Prosa?»

Nadjeshda Fjodorowna lachte; eine komische Idee schoss ihr durch den Sinn: Etwas weniger Moral, und falls sie nur wollte, hätte sie die Schulden in einem Augenblick vom Hals, indem sie einfach diesem hübschen jungen Narren hier den Kopf verdrehte! Wirklich eine komische Idee. Lachhaft! Verrückt! Plötzlich hatte sie den starken Wunsch dazu. Verliebt machen, ausbeuten, stehen lassen und sehen, was daraus wird.

«Falls ich Ihnen einen Rat geben dürfte», begann Atschmianow schüchtern. «Ich bitte Sie, nehmen Sie sich vor Kirilin in Acht. Er geht mit den übelsten Geschichten über Sie hausieren.»

«Was jeder beliebige Dummkopf über mich erzählt, ist mir völlig uninteressant», erwiderte Nadjeshda Fjodorowna kalt. Aber Unruhe hatte sie gepackt, und der Gedanke, mit dem hübschen jungen Atschmianow zu spielen, reizte sie schon nicht mehr.

«Wir müssen hinunter», sagte sie. «Man ruft nach uns.»

Drunten war die Fischsuppe gar. Man schöpfte sie in tiefe Teller und speiste so zeremoniell andächtig, wie dies eben nur beim Picknick geschieht; alle fanden, die Suppe sei köstlich, und zu Haus habe es niemals etwas so Schmackhaftes gegeben. Wie bei jedem Picknick suchte schließlich jedermann sein Glas und sein Brot in dem Wust von Servietten, Päckchen, überflüssigem und gelegentlich vom Wind hochgewirbeltem Butterbrotpapier;

man verschüttete Wein auf Teppich und Knie und kippte das Salz um. Ringsum herrschte Dunkelheit; auch das Feuer brannte nicht mehr hell, einfach weil jeder zu bequem war, aufzustehen und nachzulegen. Alles trank Wein, auch Katja und Kostja bekamen je ein halbes Glas voll. Nadjeshda leerte rasch ihr erstes Glas, dann ein zweites; ihr wurde wohlig zumute, sie vergaß Kirilin.

«Prächtiges Picknick! Herrlicher Abend!», fand Lajewski, fröhlich vom Wein. «Und doch zöge ich all dem einen richtigen Winter vor.

Der Frost behaucht mit Silberschimmer
den Kragen ihm aus Biberpelz …»

«Geschmacksache», bemerkte von Koren.

Und schon wurde es Lajewski wieder unbehaglich: Feuersglut im Rücken – in Gesicht und Herz aber traf ihn der kalte Hass von Korens. Dieser, wie er dunkel empfand, begründete Hass eines anständigen und gescheiten Mannes erniedrigte und schwächte ihn. Da ihm keine Kraft zum Widerspruch blieb, verlegte er sich auf Schmeichelei.

«Ich liebe die Natur, und zwar leidenschaftlich. Und ich bedaure, dass ich nicht Naturwissenschaftler bin. Ich beneide Sie darum.»

«Während ich es nicht bedaure und ihn nicht beneide!», erklärte Nadjeshda Fjodorowna. «Ich begreife nicht, dass jemand sich ernsthaft mit Käfern und Insekten befasst, solange das Volk leidet!»

Im Grunde war Lajewski durchaus ihrer Meinung. Ohne jegliche Ahnung von Naturwissenschaft, hatte er sich nie mit dem lehrhaften Ton und der tiefsinnig-grüblerischen Miene jener Leute abfinden können, welche Ameisenfühler und Beine von Küchenschaben zerlegen; vielmehr ärgerte er sich wütend, wenn sie, lediglich auf Grund von Beinen, Fühlern und irgendwelchem komischem Protoplasma – er stellte es sich immer als eine Art Auster vor –, sich das Recht der Entscheidung anmaßten in Fragen, die tief in Abstammung und Existenz des Menschen eingriffen. Einzig weil er Nadjeshda Fjodorownas Ausspruch verlogen fand und ihr um jeden Preis widersprechen wollte, bemerkte er kurz: «Es geht hier nicht um Käfer. Es geht um Prinzipien!»

VIII

Zu später Stunde, gegen elf Uhr, bestieg man die Wagen. Alle saßen bereits, außer Nadjeshda Fjodorowna und Atschmianow, die am anderen Ufer laut lachend um die Wette liefen.

«Antreten, meine Herrschaften!», rief Samoilenko hinüber.

«Man hätte den Damen keinen Wein geben sollen», bemerkte von Koren leise.

Lajewski, ganz erschöpft vom Picknick, seiner eigenen Grübelei und von Korens Hass, ging Nadjeshda Fjodorowna entgegen. Als sie ausgelassen, glücklich, lachend und erhitzt gelaufen kam – leicht wie ein Federchen fühlte sie sich! –, seine Hände ergriff und den Kopf an seine Brust schmiegen wollte, trat er einen Schritt zurück und sagte grob: «Du führst dich auf wie eine Kokotte.»

Es kam so hart heraus, dass es ihm gleich darauf leidtat. In seinem Gesicht las sie Ärger, Erschöpfung, Hass, Mitleid, Wut auf sich selbst. Im Augenblick war sie ernüchtert. Sie hatte wohl tatsächlich übertrieben in ihrer ausgelassenen Stimmung. Traurig und mit dem Gefühl, schwerfällig, dick und betrunken zu sein, stieg sie mit Atschmianow in die zunächst stehende Kutsche. Lajewski fuhr mit Kirilin, der Zoologe mit Samoilenko, der Diakon mit den Damen. Die Karawane setzte sich in Bewegung.

«So sind sie nun mal, diese Affen!», begann von Koren. Er hüllte sich fester in den Mantel und schloss die Augen. «Du hast ja gehört: Sie würde sich niemals mit Käfern und Insekten befassen, solange das Volk leidet! – So urteilen Affen über uns. Und zwar alle. Sklavenblut, verschlagen, zehn Generationen unter Knute und Faust; zittert und bebt einzig vor der Gewalt; ihr allein streut es Weihrauch. Aber lass du mal so einen Affen los in die freie Wildbahn, wo keiner ihn mehr am Kragen nehmen kann, und du wirst dich wundern, wie der sich entfaltet und sein wahres Gesicht zeigt! Sieh doch nur, wie frech er werden kann – bei Kunstausstellungen, im Theater oder bei Beurteilung der Wissenschaft! Stolziert herum, stellt sich auf die Hinterbeine, schimpft und kritisiert, kritisiert um jeden Preis! Typische Sklaveneigenschaft übrigens. Wenn ich dir sage: Leute im freien Beruf werden von derlei weit häufiger verdammt als ausgewachsene Verbrecher! Und das einfach, weil die Gesellschaft zu drei Vierteln aus Sklaven besteht, genau aus diesem Affenvolk. Dass so einer dir mal die Hand hinstreckt und herzlich Danke sagt dafür, dass du auch arbeitest – kommt ja nicht in Frage!»

«Ich weiß gar nicht, was du willst!» Samoilenko gähnte. «Das arme Ding in seiner Einfalt hat dir was Gescheites sagen wollen, und du ziehst gleich wer weiß was für Schlüsse. Du kannst ihn nun mal nicht leiden, also auch sie nicht, zur Gesellschaft. Und dabei ist sie ein Prachtweib.»

«Uh! Hör auf! Ganz ordinäre Mätresse. Dumm und schlecht. Hör mal, Alexander Davidytsch, wenn du irgendein Weib aus dem Volk kennenlernst, das nicht mit seinem Mann lebt, faulenzt und nur von hihihi und hahaha lebt, dann fährst du sie doch an: ‹He du, schaff was!› – Warum bist du dann in dem Fall so schüchtern und hast nicht den Schneid zu sagen, was wahr ist? Bloß weil diese Nadjeshda Fjodorowna zufällig kein Matrosenliebchen ist, sondern das eines Beamten?»

«Was soll ich eigentlich mit ihr tun? Sie durchhauen? Oder was sonst?» Samoilenko war nun doch ärgerlich.

«Jedenfalls nicht dem Laster schmeicheln. Wir verdammen es ja nur heimlich, das ist genau wie die Faust im Sack ballen. Ich bin Zoologe oder Soziologe, das ist aber ein und dasselbe. Du bist Arzt. Uns glaubt die Gesellschaft, und deshalb müssen gerade wir auf den Krebsschaden hinweisen, der ihr und kommenden Geschlechtern durch die bloße Existenz einer Dame wie dieser Nadjeshda Iwanowna droht.»

«Fjodorowna», verbesserte Samoilenko. «Und was soll die Gesellschaft tun?»

«Die? Das ist ihre Sache. Persönlich würde ich sagen: Die schnellste und beste Methode in dem Fall ist Gewalt. *Manu militari*[52] die Dame ihrem Ehemann zuführen, und wenn der sie nicht will, ab mit ihr Richtung Zwangsarbeit oder in eine Besserungsanstalt.»

«Ffff ...», machte Samoilenko nur. Dann verstummte er, fing aber doch wieder an, und zwar in gedämpftem Ton: «Du meintest doch neulich, Leute wie Lajewski gehören ausgerottet? Sag mir, wenn tatsächlich ... also, gesetzt den Fall, Regierung oder Gesellschaft würden dich mit seiner Ausrottung beauftragen, könntest du ... könntest du das tun?»

«Mit sicherer Hand.»

IX

Man war wieder zu Hause. Lajewski und Nadjeshda Fjodorowna gingen durch dunkle, öde Räume voll eingesperrter Luft. Beide schwiegen. Lajewski zündete eine Kerze an. Nadjeshda Fjodorowna setzte sich, in Hut und Mantille, und sah aus traurigen und schuldbewussten Augen zu ihm auf.

Er wusste wohl, dass sie eine Erklärung von ihm erwartete. Aber jetzt Erklärungen abzugeben, wäre sinn-

und nutzlose Strapaze, außerdem lag es ihm schon schwer genug auf der Seele, dass er sich nicht beherrscht und sie derart angefahren hatte. Plötzlich fühlte er in seiner Hosentasche den Brief, den er ihr schon seit Tagen vorlesen wollte. Wenn sie ihn jetzt bekäme – das könnte eine wirksame Ablenkung sein!

«Unser Verhältnis muss ja doch einmal endgültig geklärt werden», dachte er. «Sie soll ihn haben. Ganz gleich, was daraus wird.»

Er zog den Brief heraus, reichte ihn ihr. «Lies. Es geht dich an.»

Dann ging er in sein Studierzimmer, streckte sich auf dem Diwan aus, ohne Kissen, in der Dunkelheit. Nadjeshda Fjodorowna las. Ihr schien, die Zimmerdecke stürze herab, die Wände rückten auf sie zu – plötzlich war da nichts als atemraubende Angst und Finsternis. Hastig schlug sie drei Kreuze über sich, murmelte: «Herr, gib ihm die ewige Ruhe … Herr, gib ihm die ewige Ruhe …» Dann fing sie an zu weinen. «Wanja!», rief sie. «Iwan Andrejitsch!»

Keine Antwort. Da glaubte sie, Lajewski sei wieder eingetreten und stehe hinter ihrem Stuhl. Sie schluchzte wie ein Kind.

«Warum hast du mir nicht gesagt, dass er gestorben ist? Dann hätte ich das Picknick gar nicht mitgemacht und wäre nicht so wild gewesen! Aber die Männer haben mir so viel Dummheiten gesagt. Ach, so eine Sünde! So eine Sünde! Hilf mir, Wanja, hilf mir! Ich glaube, ich bin verrückt … ach, und so verkommen …»

Lajewski hörte ihr Schluchzen wohl. Ihm war unerträglich eng und heiß, das Herz klopfte ihm bis zum Hals. Ganz elend erhob er sich, stand eine Weile herum, tastete nach dem Sessel beim Tisch, setzte sich.

«Das reinste Gefängnis», dachte er. – «Ich muss weg. Ich kann nicht mehr.»

Zum Kartenspiel war es zu spät. Und im Städtchen gab es nicht eine Schenke. Er legte sich wieder hin, hielt sich die Ohren zu, um das Schluchzen nicht mehr zu hören. Plötzlich fiel ihm ein, er könnte ja zu Samoilenko gehen. Um nicht an Nadjeshda Fjodorowna vorbeizumüssen, stieg er aus dem Fenster ins Gärtchen und von dort über den Zaun auf die Straße. Es war sehr dunkel. Eben legte ein Schiff an, den Lichtern nach ein großer Passagierdampfer. Die Ankerkette klirrte. Vom Strand zum Schiff glitt ein rotes Licht – das Zollboot.

«Da pennen sie in ihren Kabinen!», dachte Lajewski, voll des Neides auf fremden Schlaf.

Die Fenster bei Samoilenko standen offen. Lajewski beugte sich durch eines, dann durch ein zweites: alles dunkel und still.

«Alexander Davidytsch, schläfst du schon?», rief er. «Alexander Davidytsch!»

Man hörte husten; jemand rief, offensichtlich aus dem Schlaf geschreckt: «Wer da?»

«Ich bin's, Alexander Davidytsch. Entschuldige.»

Kurz darauf ging drinnen eine Tür auf; im milden Licht des Lämpchens vor den Heiligenbildern stand Samoilenko, hünenhaft, ganz in Weiß, mit weißer Nachtmütze.

«Was gibt's denn?», fragte er, schlaftrunken schnaufend. Er kratzte sich am Kopf. «Wart, ich schließe auf.»

«Lass, es geht so!» Und Lajewski stieg durchs Fenster, ging auf Samoilenko zu und packte ihn am Arm.

«Alexander Davidytsch!», begann er mit bebender Stimme. «Hilf mir! Ich flehe dich an! Ich beschwöre dich! Du musst mich verstehen! Meine Lage ist verzweifelt! Wenn das noch ein paar Tage so weitergeht, häng ich mich auf wie … wie einen Hund …»

«Langsam. Um was handelt sich's denn?»

«Zünd erst eine Kerze an.»

Samoilenko zündete eine Kerze an. Stöhnend. «Uh … Ach du lieber Gott. Geht doch schon auf zwei Uhr, mein Lieber.»

«Verzeih, aber ich kann einfach nicht zu Haus bleiben!» Lajewski war es schon viel leichter ums Herz, allein vom Licht und Samoilenkos Nähe. «Alexander Davidytsch, du bist mein bester, mein einziger Freund! Und meine ganze Hoffnung. Ob du willst oder nicht, bloß hilf, um Gottes willen! Jedenfalls muss ich hier weg, um jeden Preis! Erst mal musst du mir Geld leihen!»

«Ach du lieber Gott …» Ächzend begann Samoilenko sich aufs Neue zu kratzen. «Kaum schläft man ein, dann pfeift es – der Dampfer, und dann du … Brauchst du viel?»

«So dreihundert, mindestens. Hundert muss ich ihr dalassen, zweihundert für meine Reise … Vierhundert schulde ich dir sowieso! Aber ich schicke dir alles wieder, alles!»

Samoilenko stand breitbeinig da. Er umfasste seinen Backenbart mit einer Hand und versank in Nachdenken.

«So, so …», murmelte er. «Dreihundert. Schon. Aber so viel habe ich gar nicht. Müsste ich erst irgendwo leihen.»

«Dann leih dir's – in Gottes Namen!» Lajewski sah an Samoilenkos Miene, dass dieser ihm das Geld beschaffen wolle und auch beschaffen werde.

«Leih dir's, und ich gebe es an dich zurück. Ich schicke es sofort, sobald ich in Petersburg bin. Du kannst völlig beruhigt sein in der Hinsicht.» Er lebte sichtbar auf. «Hör mal, Sascha», sagte er, «wie wär's mit einem Glas Wein?»

«Meinetwegen, Wein.»

Sie gingen ins Esszimmer.

«Und Nadjeshda Fjodorowna?», fragte Samoilenko, während er drei Flaschen Wein und einen Teller voll Pfirsiche auf den Tisch stellte. «Bleibt sie denn hier?»

«Wird alles von mir geregelt. Alles!» Es war Lajewski zumute, als schwimme er plötzlich im Glück. «Ich schicke ihr Geld, und sie kommt mir nach. Und dann wird unser Verhältnis endgültig geklärt. – Auf deine Gesundheit, mein Freund!»

«Halt!», sagte Samoilenko. «Probier erst mal den da. Eigenes Gewächs. Der dort ist von Nawaridse, und der von Achatulow … Probier erst mal alle drei durch, und dann urteile, aber ehrlich! Ich weiß nicht, meiner hat so 'ne leichte Säure, kommt mir vor … Findest du nicht auch?»

«Stimmt. Du hast mich getröstet, Alexander Davidytsch. Ich danke dir. Ich fühle mich direkt wieder lebendig.»

«Hat er 'ne leichte Säure?»

«Zum Teufel mit der Säure, ich versteh doch nichts davon! Du bist jedenfalls ein selten edler Mensch!»

Als er Lajewski in das blasse, aufgeregte, im Grund aber gutmütige Gesicht sah, dachte Samoilenko unwillkürlich an von Korens Überzeugung, «derlei müsste man ausrotten». Ihm dagegen kam dieser Lajewski nur wie ein schwaches, wehrloses Kind vor, das jeder kränken und aus dem Weg schaffen konnte.

«Wenn du wirklich fährst, söhne dich auch mit deiner Mutter aus!», mahnte er. «So ist das kein Zustand.»

«Sicher! Unbedingt!»

Eine Zeit lang blieb es still. Am Ende der ersten Flasche bemerkte Samoilenko: «Und mit von Koren könntest du dich auch versöhnen. Beide seid ihr prächtige, grundgescheite Leute, und dabei fletscht ihr euch gegenseitig an wie Wölfe!»

«Er ist tatsächlich ein prächtiger und grundgescheiter Mensch!», gab Lajewski zu. Im Augenblick war er bereit, an jedermann das Gute zu sehen und jedem zu verzeihen. «Ein ganz ungewöhnlicher Mensch! Und doch kann ich mit ihm nicht auskommen. Nie! Wir sind zu verschiedene Naturen. Ich bin schwach, schlapp, untergeordnet. Wer weiß, vielleicht könnte ich, in einer guten Stunde, ihm einmal die Hand reichen? Er aber würde sich abwenden, angewidert ...»

Lajewski nahm einen Schluck Wein, ging von einer Ecke in die andere. Schließlich blieb er mitten im Zimmer stehen und sprach weiter: «Dabei verstehe ich diesen von

Koren vollkommen! Eine starke, harte Despotennatur. Du hörst ja, er spricht dauernd von seiner Expedition, und das ist kein Gefasel. Er braucht Wüste und Mondnacht; ringsum schläft alles, in Zelten oder unter freiem Himmel: seine Kosaken, hungrig, krank, von Gewaltmärschen erschöpft, eingeborene Führer und Träger, Arzt und Expeditionspfarrer. Er allein schläft nicht. Sondern wie Stanley[53] sitzt er auf seinem Klappstuhl und fühlt sich als Herr der Wüste, Herr der Menschen. Er marschiert und marschiert. Seine Leute stöhnen und sterben, einer um den andern. Er aber marschiert und marschiert. Zuletzt stirbt auch er. Und selbst dann noch bleibt er Tyrann und Herr der Wüste; denn das Kreuz auf seinem Grab ist allen Karawanen auf dreißig, vierzig Meilen sichtbar und beherrscht die Wüste.[54] Ich bedaure nur, dass dieser Mann nicht im Militärdienst steht. Er hätte das Zeug zu einem wahrhaft genialen Feldherrn. Kaltblütig würde er die eigene Kavallerie beim Flussübergang ersaufen lassen und ihre Leichen als Brücke verwenden, ein solcher Entschluss ist bekanntlich im Krieg nötiger als jede Festung, jede Taktik. Oh, ich verstehe ihn vollkommen! – Sag mal: Warum treibt er sich eigentlich hier herum? Was hat er ausgerechnet hier verloren?»

«Er studiert doch die Meeresfauna.»

«Ach nein, mein Lieber, das eben tut er nicht! Auf dem Schiff hat mir ein Gelehrter, selbst auf Studienreise, einmal erzählt, das Schwarze Meer besitze nur eine kümmerliche Fauna, und in seiner Tiefe mache ein hoher Grad von Schwefelwasserstoff organische Existenz geradezu unmöglich. Jeder vernünftige Zoologe arbeitet an den Versuchsstationen in Neapel oder Villefranche.[55] Von Koren aber, selbstständig und eigensinnig, wie er ist, arbeitet am Schwarzen Meer, weil nämlich dort kein einziger außer ihm sitzt. Mit der Universität hat er gebrochen. Lehrer und Kollegen gibt es keine für ihn. Denn in erster Linie ist er Tyrann, und dann erst Zoologe. Dabei wird er es weit bringen, du wirst's erleben! Er träumt schon jetzt davon, dass er nach seiner Expedition die Universität von Intrige und Mittelmäßigkeit kuriert und die gelehrten Herren zu Paaren treibt. Tyrannis wirkt sich in der Wissenschaft genauso aus wie im Krieg. – Schon den zweiten Sommer hockt er in diesem verstunkenen Nest hier, einfach weil er lieber im Dorf die erste als in der Stadt die zweite Geige spielt. Hier ist er Zar und Aar, hat alle unter seiner Fuchtel. Alles hat er sich unter den Nagel gerissen, steckt seine Nase in alles und jedes, alles kann ihm nützen. Und alle miteinander haben Angst vor ihm. Ich allein entwische seiner Tatze. Das merkt er natürlich, und dafür hasst er mich. Hat er nicht auch zu dir schon gesagt, Leute wie ich gehören ausgerottet oder in Zwangsarbeit geschickt?»

«Doch!» Samoilenko lachte. Auch Lajewski lachte und trank einen kräftigen Schluck.

«Sogar seine Ideale sind tyrannisch», sprach er weiter und biss vergnügt in einen Pfirsich. «Gewöhnliche Sterbliche, die fürs allgemeine Wohl arbeiten, haben dabei ihre Nebenmenschen im Auge: dich, mich, den Menschen jedenfalls. Für von Koren aber sind Menschen genau dasselbe wie junge Hunde, Nullen, als Lebensaufgabe viel zu gering. Er schuftet, geht auf Expedition, riskiert Kopf und Kragen nicht etwa aus Nächstenliebe, sondern aus Liebe zu abstrakten Größen: Menschheit, kommende Geschlechter, ideale Rasse. Insbesondere für die Verbesserung der menschlichen Rasse setzt er sich ein, und dabei spielen wir lediglich die Rolle von Sklaven, Kanonenfutter, Zugvieh. Am liebsten würde er manche Leute umbringen oder, mit Gesetzeskraft natürlich, ins Zuchthaus stecken; andere wieder durch Disziplin weich machen wie Araktschejew[56]: Wecken und Schlafen jeweils nur bei Trommelwirbel! Eunuchen als Sittenwächter unserer Keuschheit einsetzen, jeden abknallen lassen, der aus dem engen Kreis unserer Konservativmoral ausbricht ... Und all dies im Namen der Verbesserung der menschlichen Rasse ... Was aber ist diese menschliche Rasse, im Grunde genommen? Fata Morgana. Illusion. Jeder Despot war bisher Illusionist. Ich, mein Lieber, begreife ihn vollkommen. Ich schätze ihn, ich bestreite seine Größe durchaus nicht. Denn nur auf solchen Schultern ruht die Welt. Wäre sie uns allein überlassen, bei aller Güte und edlen Absicht machten wir doch aus ihr nur, was die Fliegen aus diesem Bild hier. Jawohl.»

Lajewski rückte dicht an Samoilenko heran und fuhr leidenschaftlich, ehrlich überzeugt, fort: «Ich bin ein nichtswürdiger, jämmerlicher, gefallener Mensch. Mein Lebenselement? Wein und Weib. Kurz gesagt – mein Leben war bisher erkauft um den Preis von Lüge, Faulheit und Feigheit. Bis zum heutigen Tag war es ein einziger Betrug, an den andern, an mir selbst. Zwar habe ich darunter gelitten, doch selbst dies Leiden war billig und schal. Dagegen beuge ich mich willig vor dem Hass von Korens, da ich zuweilen ja mich selbst nur hassen und verachten kann.»

Er sprang auf, ging stürmischen Schrittes auf und ab. «Ich bin nur froh, dass ich meine Fehler so klar erkenne und eingestehe. Es hilft mir zur Neuwerdung, zur Geburt des neuen Menschen in mir. Ach, Täubchen, du weißt ja nicht, wie innig mich verlangt nach solcher Wiedergeburt, und es wird noch ein Mensch aus mir, ich schwöre dir's! Gewiss! Ob es wirklich so ist – ob nur der Wein aus mir spricht –, ich weiß es nicht. Auf jeden Fall war mir seit Langem nicht so froh zumute wie jetzt bei dir, so rein ...»

«Hör mal, mein Guter, es wird Zeit fürs Bett!», mahnte Samoilenko.

«Ja, natürlich, entschuldige, sofort!»

Lajewski suchte hastig nach seiner Mütze, auf dem Fensterbrett, auf Tisch und Stühlen. «Danke», murmelte er und seufzte. «Danke. Herzenswärme und guter Zuspruch geht über Almosen. Du hast mir das Leben neu geschenkt!»

Er hatte nun seine Mütze, blieb aber stehen und sah Samoilenko schuldbewusst an. «Alexander Davidytsch!», bat er in flehentlichem Ton.

«Was denn?»

«Lieber, lass mich hier übernachten!»

«Aber natürlich! Warum denn nicht!»

Da streckte sich Lajewski auf dem Diwan aus. Und sprach noch lange mit dem Doktor.

X

Drei Tage nach dem Picknick erschien Marja Konstantinowna plötzlich bei Nadjeshda Fjodorowna. Ohne weitere Begrüßung und ohne den Hut abzulegen, ergriff sie Nadjeshdas Hände, drückte sie krampfhaft an ihr Herz und stieß atemlos hervor: «Liebste! Ich bin außer mir! Ich bin einfach erschüttert! Unser lieber, sympathischer Doktor hat gestern meinem Nikodim Alexandrytsch mitgeteilt, Ihr Gatte sei entschlafen … Liebste, sagen Sie, ist das wahr?»

«Jawohl, er ist tot», gab Nadjeshda Fjodorowna zur Antwort.

«Aber das ist ja schrecklich. Liebste! Einfach schrecklich! Und doch – jedes Unglück hat sein Gutes. Denn vermutlich war Ihr Gatte ein ganz fabelhafter Mensch, ein Heiliger, und die sind im Himmel mehr am Platz als hienieden …»

Marja Konstantinownas Gesicht bebte bis in die kleinsten Fältchen, als hüpften unter der Haut zahllose feine Nadeln hin und her. Hoch aufatmend und mit mandelsüßem Lächeln fuhr sie fort: «Und nun also. Liebste, sind Sie frei! Hocherhobenen Hauptes können Sie jedermann ins Auge schauen. Denn Ihre Verbindung mit Iwan Andrejitsch empfängt nun ihre Weihe vor Gott und den Menschen. Wie wundervoll! Ich zittere vor Freude, die Worte fehlen mir … Liebste, ich darf doch bei ihm um Sie anhalten? Nikodim Alexandrytsch und ich haben Sie schon immer so sehr geliebt, erlauben Sie, dass wir Pate stehen bei Ihrem gesetzlichen, reinen Bund! Wann, denken Sie, soll die Hochzeit sein?»

«Auf die Idee bin ich noch gar nicht gekommen.» Nadjeshda Fjodorowna machte ihre Hände los.

«Aber das ist doch unmöglich. Liebste! Sie haben daran gedacht! Sie müssen daran gedacht haben!»

«Aber wahrhaftig nicht!» Nadjeshda Fjodorowna lachte. «Warum sollen wir denn heiraten? Ich sehe keinerlei Grund dafür. Wir leben einfach weiter wie bisher!»

«Was sagen Sie?» Marja Konstantinowna war entsetzt. «Um Gottes willen, was sagen Sie?»

«Vom Heiraten wird ja nichts besser, in unserem Fall. Eher schlechter. Weil dann jeder von uns auch noch seine Freiheit verliert.»

«Aber Liebste, Liebste!» Marja Konstantinowna prallte förmlich zurück. Sie rang die Hände.

«Sie sind einfach extravagant! Kommen Sie zu sich! Kommen Sie erst mal zur Ruhe …»

«Was heißt hier zur Ruhe? Ich habe überhaupt noch nicht gelebt, und Sie sprechen von Ruhe?»

Wieder einmal begriff Nadjeshda Fjodorowna, dass sie tatsächlich noch nicht gelebt habe. Nach Abschluss der Ausbildung im Institut hatte sie geheiratet, ohne Liebe; später war ihr Lajewski begegnet, und seither hauste sie mit ihm an diesem trostlos öden Strand und träumte von Besserem. War dies denn Leben?

«Am Ende wäre heiraten gar nicht so schlecht», dachte sie. Aber dann fiel ihr Atschmianow ein und Kirilin, sodass sie, heftig errötend, weitersprach: «Nein, es ist ganz unmöglich. Und wenn Iwan Andrejitsch mich fußfällig darum bäte, würde ich Nein sagen!»

Marja Konstantinowna blieb noch eine Weile auf dem Diwan sitzen. In stummer Trauer starrte sie auf einen Punkt. Dann erhob sie sich und sagte kalt: «Adieu, meine Liebe! Und entschuldigen Sie bitte die Störung. Es fällt mir nicht leicht, aber ich muss Ihnen mitteilen: Vom heutigen Tag an ist alles aus zwischen uns beiden. Und trotz meiner tiefen Verehrung für Iwan Andrejitsch – für Sie persönlich wird von nun an die Tür meines Hauses verschlossen sein.»

Sie hatte feierlich gesprochen, so feierlich, dass sie selbst davon ganz gebeugt war. Wieder zuckte ihr Gesicht, wieder nahm es seine Mandelmiene an. Plötzlich streckte sie Nadjeshda Fjodorowna, die völlig verwirrt und niedergeschmettert dasaß, beide Hände hin und bat in flehendem Ton: «Liebste, darf ich einen Augenblick zu Ihnen wie eine Mutter sprechen oder wie eine ältere Schwester? Offen wie eine Mutter …»

Da ging Nadjeshda Fjodorowna ein warmer Strom durchs Herz – Freude und Mitleid mit sich selber –, als sei ihre Mutter wieder lebendig und stehe vor ihr. Stürmisch umarmte sie Marja Konstantinowna, presste den Kopf an ihre Schulter. Beide weinten. Sie ließen sich erneut auf dem Diwan nieder und schluchzten noch eine Zeit lang, keiner Worte fähig und ohne einander anzusehen.

«Mein liebes Kind», begann Marja Konstantinowna. «Ich will Ihnen heute Wahrheiten sagen, schonungslos!»

«Bitte tun Sie es, bitte!»

«Haben Sie Vertrauen zu mir. Liebste. – Sie werden sich erinnern, dass von allen Damen hier ich die einzige war, die Sie von Anfang an empfangen hat. Sie haben mich zwar vom ersten Tag an schockiert, aber ich brachte es einfach nicht übers Herz, Sie links liegen zu lassen wie alle anderen. Und um den guten, feinen Iwan Andrejitsch litt ich, als sei er mein eigener Sohn. Ein junger Mensch auf schiefer Bahn, unerfahren, schwach, mutterlos – Qualen habe ich um ihn ausgestanden. Mein Mann war ursprünglich gegen den Verkehr mit ihm, aber ich habe ihm gut zugeredet, immerfort, und ihn schließlich überzeugt. Also wurde Iwan Andrejitsch bei uns eingeladen, und Sie natürlich mit, um ihm nicht wehzutun. Aber ich habe ja schließlich Tochter und Sohn. Ihr zartes Kindergemüt … Sie verstehen! Ihr reines Herz … ‹Wer aber ärgert dieser Geringsten einen …›[57] Ich habe Sie trotzdem empfangen. Und dabei um meine Kinder gezittert. Ach, erst wenn Sie einmal selbst Mutter sind, werden Sie meine Angst begreifen. Alles staunte, dass ich Sie einlud, als wären Sie – pardon – als wären Sie eine anständige Frau. Man deutete mir an … na, das Übliche – Klatsch, Geschwätz. In meinem Herzen habe ich Sie verurteilt, aber Sie waren ja so elend, unglücklich, und obendrein extravagant, dass mich Mitleid übermannte.»

«Aber warum denn? Warum?», fragte Nadjeshda Fjodorowna. Sie zitterte am ganzen Leib. «Wem habe ich denn etwas zuleid getan?»

«Sie sind eine große Sünderin. Sie haben das vor dem Altar Ihrem Gatten gegebene Gelübde gebrochen. Sie haben einen prächtigen jungen Mann verführt, der vermutlich, wären Sie ihm nicht über den Weg gelaufen, längst eine Lebensgefährtin aus gutem Hause hätte, standesgemäß und gesetzlich angetraut, sodass er jetzt ein ordentliches Leben führte wie alle anderen auch. Sie haben seine Jugend zerstört. Sagen Sie nichts, Liebste! Sagen Sie nichts! Denn nie und nimmer glaube ich, dass der Mann schuld ist, wenn wir sündigen. Schuld sind immer wir Frauen. Der Mann ist seiner Natur nach leichtfertig, er lebt mit dem Kopf, nicht mit dem Herzen, und so vieles versteht er nicht. Die Frau aber versteht alles. Von ihr allein hängt alles ab. Ihr ist viel gegeben, und so wird viel von ihr verlangt. Ach, Liebste, wäre sie törichter, schwächer als der Mann, nie hätte Gott ihr die Erziehung von Knaben und Mägdlein anvertraut! – Sie haben weiterhin, Liebste, den Pfad des Lasters betreten, los und ledig jeder Scham. Jede andere an Ihrer Stelle wäre menschenscheu im stillen Kämmerlein gesessen, und nur im Gotteshaus hätte man sie erblickt, blass, schwarz gekleidet und verweint, dass jedermann erschüttert hätte sagen müssen: ‹Sieh, Herr, ein gefallener Engel kehrt zu dir zurück.› … Während Sie jegliche Zurückhaltung vergaßen. Jedermann sichtbar lebten Sie Ihr extravagantes Leben, als seien Sie obendrein auf Ihre Sünde stolz. Sie amüsierten sich laut und fröhlich, ich aber zitterte vor Angst, es möge der Zorn des Himmels sich über unser Haus entladen, solange Sie darin saßen. – Liebste, sagen Sie nichts! Sagen Sie jetzt nichts!» Marja Konstantinowna erhob ihre Stimme, sobald Nadjeshda Fjodorowna sie unterbrechen wollte.

«Haben Sie Vertrauen! Ich täusche Sie nicht. Und keine einzige Wahrheit sei dem Blick Ihrer Seele verborgen. Hören Sie mich an, Teuerste. Gott zeichnet die großen Sünder. Sie waren gezeichnet. Denken Sie nur an Ihre skandalöse Garderobe!»

Nadjeshda Fjodorowna, bisher immer recht stolz auf ihre Kleidung, hörte zu weinen auf und sah die andere groß an.

«Jawohl – skandalös!», fuhr Marja Konstantinowna fort. «Ausgefallene Muster, grelle Farben – den Rest konnte sich jeder denken. Alles lächelte, zuckte die Achseln, wenn Sie auftauchten. Und nur mir allein tat es weh. Entsetzlich weh. Noch etwas. Liebste. Verzeihen Sie – aber Sie sind höchst ungepflegt. Neulich im Damenbad ... es hat mich einfach geschaudert. Ihr Kleid war eben noch passabel, aber Unterrock und Hemd – Liebste, ich bin errötet für Sie. Keine Rede davon, dass dem armen Iwan Andrejitsch jemand die Krawatte ordentlich bindet. Und was Schuhwerk und Wäsche betrifft – armer Kerl, man sieht mit einem Blick, kein Mensch kümmert sich darum. Satt wird er auch nicht zu Haus, der Gute. Kein Wunder, dass er sein halbes Gehalt im Pavillon lässt, wenn daheim keine Seele den Samowar bedient oder ihm seinen Kaffee serviert. Und wie es bei Ihnen aussieht! Widerlich! Einfach widerlich! Kein Mensch in der Stadt duldet Fliegen im Hause, und hier fressen sie einen, Ihre Teller und Tassen sind ja richtig schwarz. Sehen Sie sich nur die Fensterbank an, und den Tisch – überall Staub und tote Fliegen. Und die ungespülten Gläser – was tun die hier?

Liebe, noch nicht mal der Tisch ist abgedeckt! Ihr Schlafzimmer zu betreten, ist geradezu peinlich. Überall liegen Wäschestücke herum, Ihre diversen Gummiutensilien hängen an der Wand, irgendwo steht sogar ein gewisses Geschirr … Liebste! Der Mann darf von all dem nichts wissen, seine Frau muss immer wie ein Engelchen aussehen, so rein! Ich stehe jeden Tag in aller Frühe auf und wasche mir das Gesicht kalt ab, nur damit Nikodim Alexandrytsch mich nie verschlafen sieht!»

«Aber das sind doch Bagatellen!», sagte Nadjeshda Fjodorowna, aufs Neue schluchzend. «Wenn ich glücklich wäre, ja, dann … aber ich bin doch so unglücklich!»

«Und ob Sie unglücklich sind!» Marja Konstantinowna seufzte und konnte sich ihrerseits kaum der Tränen erwehren. «Dazu das traurige Los, das Sie auch zukünftig erwartet … Einsam, alt, krank – und zuletzt Rechenschaft vor dem Jüngsten Gericht … Entsetzlich, ganz entsetzlich! Und jetzt, wo das Schicksal selbst Ihnen seine hilfreiche Hand bietet, stoßen Sie Törin diese zurück. Heiraten Sie! Heiraten Sie so schnell wie möglich!»

«Ich sehe es ja ein», sagte Nadjeshda Fjodorowna. «Aber es geht doch nicht.»

«Und warum?»

«Es geht eben nicht! Ach, wenn Sie wüssten …»

Am liebsten hätte Nadjeshda Fjodorowna ihr alles erzählt: die Sache mit Kirilin und auch, dass sie gestern Abend am Landungssteg mit dem hübschen jungen Atschmianow verabredet war, dass ihr bei der Gelegenheit die verrückte Idee kam, erst im Scherz, die Schuld von dreihundert Rubeln auf einmal loszuwerden ... Wie sie ausgelassen war und dann, beim Heimkommen spätnachts, sich endgültig schlecht und käuflich dünkte. Sie wusste selbst nicht, wie alles geschehen war. Und jetzt empfand sie nur den einen Wunsch, Marja Konstantinowna zu schwören, sie werde die Schuld unbedingt abzahlen, doch brachte sie vor Scham und heftigem Weinen kein Wort heraus.

«Ich fahre weg!», sagte sie schließlich nur. «Iwan Andrejitsch kann ja hierbleiben, aber ich fahre weg.»

«Wohin denn?»

«Nach Russland.»

«Und wovon wollen Sie leben? Sie sind doch völlig mittellos!»

«Übersetzungen anfertigen, oder ... oder ich mache eine kleine Leihbücherei auf.»

«Phantasieren Sie nicht, Liebste. Auch für eine kleine Leihbücherei braucht man Geld! – Und jetzt verlasse ich Sie. Beruhigen Sie sich, überdenken Sie alles noch einmal. Und morgen kommen Sie zu mir – frisch und munter! Das wird mich riesig freuen! Leben Sie wohl, mein Engelchen. Lassen Sie sich einen Kuss geben.»

Marja Konstantinowna küsste Nadjeshda Fjodorowna auf die Stirn, schlug das Kreuzeszeichen über sie und entschwebte. Es wurde schon dunkel; in der Küche zündete Olga Feuer an. Immer noch weinend ging Nadjeshda Fjodorowna ins Schlafzimmer, legte sich aufs Bett. Schon überkam sie starker Schüttelfrost. Liegend streifte sie ihre Kleider ab, ließ das Bündel am Fußende liegen und rollte sich unter der Decke zusammen. Sie war durstig; aber wen kümmerte das?

«Ich zahle alles ab!», erklärte sie laut. Im Fieber schien ihr, sie sitze neben einer Kranken und erkenne in jener sich selbst. «Ich zahle alles ab! Schon der Gedanke ist lächerlich, ich habe wegen Geld … Ich fahre weg, und das Geld schicke ich aus Petersburg. Erst hundert … Und dann wieder hundert … und dann noch … hundert.»

Spät in der Nacht kam Lajewski nach Hause.

«Erst hundert!», sagte Nadjeshda Fjodorowna. «Und dann wieder hundert …»

«Du solltest dein Chinin nehmen», riet er und dachte gleichzeitig: «Morgen ist Mittwoch, da geht das Schiff ab, ohne mich. Das heißt also – warten bis Samstag.»

Nadjeshda Fjodorowna kniete in ihrem Bett. «Habe ich was gesagt?», fragte sie lächelnd und blinzelte ins Kerzenlicht.

«Nein. Morgen früh muss der Doktor her. Schlaf nur.»

Er nahm ein Kissen und ging zur Tür. Seitdem er endgültig entschlossen war abzureisen, fort von Nadjeshda Fjodorowna, erweckte diese ein Gefühl von Mitleid und Schuld in ihm; ihre Gegenwart bedrückte ihn wie die Gegenwart eines kranken oder alten Pferdes, das man demnächst töten will. An der Schwelle blieb er stehen und wandte sich um.

«Übrigens – bei dem Picknick war ich gereizt und grob zu dir. Sei so gut und entschuldige.» Dann ging er in sein Studierzimmer und legte sich hin. Aber er fand lange keinen Schlaf.

Als am nächsten Morgen Samoilenko, anlässlich eines Staatsfeiertags[58] in Gala mit Epauletten und Orden, aus dem Schlafzimmer trat, wo er soeben Nadjeshda Fjodorowna den Puls gefühlt und sich ihre Zunge besehen hatte, stieß er dicht vor der Tür auf Lajewski, der ihn voll Aufregung fragte: «Was gibt's? Was ist los?»

Sein Gesicht spiegelte Angst, größte Unruhe und Hoffnung zugleich.

«Beruhige dich. Keinerlei Gefahr», sagte Samoilenko. «Die übliche Fieberattacke.»

«Das meine ich doch nicht!» Ungeduldig runzelte Lajewski die Stirn. «Hast du das Geld?»

«Verzeih, mein Lieber», flüsterte Samoilenko, mit einem verlegenen Blick nach der Tür. «Um Himmels willen, verzeih, aber kein Mensch hat Bargeld, bis jetzt habe ich's nur fünf- und zehnrubelweise zusammenkratzen können, alles in allem hundertzehn. Heute muss ich noch ein paar Leute angehen. Hab Geduld!»

«Äußerster Termin Samstag!», flüsterte Lajewski zurück. Er zitterte vor Ungeduld. «Um aller Heiligen willen, Samstag! Wenn ich Samstag nicht weg bin, brauche ich nichts mehr … endgültig nichts mehr! Es ist mir unbegreiflich, dass ein Doktor kein Geld haben soll!»

«Herr, dein Wille geschehe …», flüsterte Samoilenko rasch und so mühsam, dass es in seiner Kehle richtig piepste. «Man hat mir ja alles abgenommen! Über siebentausend Außenstände, und total verschuldet, kann ich vielleicht dafür?»

«Du verschaffst mir das Geld bis Samstag, ja?»

«Ich will's versuchen.»

«Täubchen, ich flehe dich an! Und zwar muss ich es Freitagmorgen haben!»

Samoilenko setzte sich und verschrieb Chinin in *kalii bromati*[59] mit Rhabarberessenz, *tinctura gentianae*,[60] *aqua foeniculi*[61] – alles in einer Mixtur, auch noch etwas Rosensirup, damit es nicht allzu bitter schmecke. Dann empfahl er sich.

XI

«Du siehst ja aus, als wollest du mich verhaften!», sagte von Koren, als Samoilenko in Galauniform bei ihm erschien.

«Ach was. Ich kam gerade vorbei, und da dachte ich: ‹Mal sehen, was die Zoologie macht!›» Samoilenko setzte sich an den großen Tisch, den der Zoologe aus ungehobelten Brettern selbst angefertigt hatte. «Gott zum Gruß, heiliger Vater!», nickte er dem Diakon zu, der am Fenster saß und irgendetwas abschrieb. «Nur auf einen Sprung – dann muss ich nach Haus, kochen, höchste Zeit! Übrigens – störe ich etwa?»

«Keineswegs!», gab der Zoologe zur Antwort und ordnete mit winziger Schrift bedeckte Papiere auf dem Tisch. «Bei uns werden heute nur Abschriften angefertigt.»

«Hm. Ach du lieber Gott!» Samoilenko seufzte. Dann zog er behutsam ein total verstaubtes Buch, darauf ein toter, schon ganz schrumpeliger Tausendfüßler lag, auf der

Tischplatte zu sich heran. «So was! Man stelle sich vor: da kommt irgendein grünes Käferchen vergnügt seines Weges, und plötzlich stößt es auf so einen Teufelsbraten. Was meinst du, wie ihm der Schreck ins Gebein fährt!»

«Anzunehmen.»

«Hat der eigentlich sein Gift zur Verteidigung gegen Feinde?»

«Jawohl. Zur Verteidigung. Aber auch zum Angriff.»

«So, so. Alles in der Natur ist erklärlich, alles auf ein Ziel ausgerichtet, ihr Lieben.»

Samoilenko seufzte abermals. «Bloß eines kann ich nicht verstehen. Das könntest du Leuchte der Wissenschaft mir eigentlich mal erklären! Also: Es gibt doch so kleinere Tiere, nicht größer als Ratten, sehr hübsch zum Ansehen, aber ein Charakter – ich kann bloß sagen: im höchsten Grad wurmstichig. So ein Tierchen spaziert also, sagen wir mal, durch den Wald. Sieht ein Vögelchen, packt zu, frisst's auf. Spaziert weiter. Erspäht im Gras ein Nestchen voll Eier. Ums Fressen ist's ihm nicht mehr zu tun, der Bauch ist voll. Trotzdem: Ein Ei wird kaputt gebissen, die andern fegt ein Tatzenhieb aus dem Nest! Dann begegnet es einem Frosch, mit dem spielt es, bis er futsch ist. Spaziert weiter, leckt sich die Schnauze. Das Nächste ist ein Käfer. Also: hoch die Pfote, los auf den Käfer! Und so verdirbt und zerstört es, was ihm in den Weg kommt. Schlüpft in fremde Höhlen, wühlt zum Spaß in Ameisenhaufen, beißt Schnecken tot. Wenn es auf eine Ratte stößt – sofort gibt's ein Scharmützel; trifft's ein Schlänglein oder Mäuschen – abgemurkst muss sein. Und so den ganzen Tag lang. Sag mal, wozu ist so ein Biest überhaupt nutz? Warum ist so was eigentlich erschaffen worden?»

«Ich weiß zwar nicht, von was für einem Tierchen du sprichst», antwortete von Koren. «Vermutlich aus der Spezies der Insektenfresser. Und? Den Vogel hat's erwischt, weil er nicht aufgepasst hat. Das Nest samt Eiern ging flöten, weil es plump angelegt und schlecht getarnt war. Beim Frosch hat mit der Schutzfarbe irgendwas nicht gestimmt, sonst wäre er nicht entdeckt worden. Und so weiter. Dein Tier vernichtet nur Schwache, Ungeschickte, Unvorsichtige – kurz gesagt: Krüppel, von der Natur nicht der Fortpflanzung Gewürdigte. Am Leben bleibt nur, was geschickter ist, vorsichtiger, stärker, höher entwickelt. Auf diese Art dient dein Tierchen, wenn auch ahnungslos, der großen Idee von der Vervollkommnung der Arten.»

«Schon ... Übrigens, mein Lieber», sagte Samoilenko betont lässig, «du könntest mir mal hundert Rubel leihen.»

«In Ordnung. Unter den Insektenfressern gibt es hochinteressante Subjekte, zum Beispiel den Maulwurf. Man sagt, er sei nützlich, weil er Schädlinge vertilge. Ein Deutscher soll einmal Kaiser Wilhelm dem Ersten einen Pelzmantel aus Maulwurfsfellen geschenkt haben und bei der Gelegenheit für die Tötung so vieler nützlicher Tiere gerüffelt worden sein.[62] Übrigens steht der Maulwurf in puncto Grausamkeit deinem Tierchen keineswegs nach, und außerdem richtet er viel Schaden an, weil er die Wiesen ruiniert.»

Von Koren klappte eine Schatulle auf und nahm einen Hundertrubelschein heraus. «Der Maulwurf besitzt einen kräftig entwickelten Brustkorb, genau wie die Fledermaus» – er klappte die Schatulle wieder zu – «dazu unheimlich stabile Knochen und Muskeln und ein außergewöhnlich stark bewehrtes Maul. Hätte er die Ausmaße des Elefanten, so wäre er *das* alles vernichtende, unbesiegliche Tier. Es ist tatsächlich interessant: Treffen sich zwei Maulwürfe unter der Erde, so beginnen sie wie ausgemacht sich Platz zu wühlen, den sie zum Duell brauchen. Sobald genügend Raum ist, gehen sie grausam aufeinander los und kämpfen, bis der Schwächere ausfällt. Da hast du die hundert Rubel ...», von Koren senkte die Stimme, «aber nur unter einer Bedingung: nicht für Lajewski!»

«Und wenn für Lajewski?», brauste Samoilenko auf. «Das kann dir ja egal sein!»

«Nicht für Lajewski. Ich weiß wohl – Geld verleihen ist bei dir eine Passion. Du würdest auch dem Räuber Kerim[63] leihen, wenn er dich bäte, aber, entschuldige, in dieser Hinsicht kann ich dich nicht unterstützen.»

«Jawohl, ich will es für Lajewski!», schrie Samoilenko. Er hatte sich erhoben, tat mit der Rechten einen Fausthieb quer durch die Luft. «Jawohl! Für Lajewski! Genau! Und kein Satan, kein Satan hat mir dreinzureden, was ich mit meinem Geld anfange! Sie haben also keine Lust, es mir zu geben, was?»

Der Diakon lachte los.

«Du brauchst gar nicht hochzugehen, denk lieber in Ruhe nach!», sagte der Zoologe. «An Herrn Lajewski

Mildtätigkeit üben ist, so finde ich, genau dasselbe wie Unkraut gießen oder Heuschrecken füttern.»

«Während ich finde, man soll seinem Nächsten helfen!», schrie Samoilenko.

«Dann hilf du lieber dem halb verhungerten Türken, der dort drüben am Zaun liegt! Der arbeitet und ist nötiger und nützlicher als dein Lajewski! Gib dem die hundert Rubel! Oder stifte mir hundert für die Expedition!»

«Gibst du mir das Geld oder nicht, frage ich dich?»

«Sag ehrlich: Wozu braucht er's?»

«Das ist kein Geheimnis. Er muss am Samstag nach Petersburg reisen.»

«Ach so …», sagte von Koren gedehnt. «Aha. Kapiert. Und sie fährt mit, oder was?»

«Sie bleibt vorläufig hier. Er bringt in Petersburg seine Angelegenheiten in Ordnung, dann schickt er ihr Geld, und dann fährt sie auch.»

«Schlau!» Der Zoologe lachte. Hoch und hell, das Lachen eines Tenors. «Wirklich schlau! Fein eingefädelt!»

Er trat rasch an Samoilenko heran, blieb Auge in Auge mit ihm stehen.

«Sag aufrichtig: Hat er sie satt? Ja? Gib's zu: Er hat sie satt! Ja?»

«Ja …» Samoilenko brach der Schweiß aus.

«Ekelhaft», sagte von Koren. Man sah an seinem Gesicht, wie ekelhaft er es fand. «Alexander Davidytsch! Entweder du steckst mit ihm unter einer Decke oder, entschuldige, du bist ein Kamel. Kapierst du denn wirklich nicht, dass er dich ganz schamlos an der Nase herumführt wie einen Lausbuben? Das ist doch sonnenklar, dass er sie vom Hals haben und hier sitzen lassen will! Aber dann hast du sie am Hals, und es ist wiederum sonnenklar, dass du sie für dein Geld nach Petersburg schicken kannst. Hat dich dein Prachtkerl von einem Freund mit seinen Qualitäten tatsächlich so verblendet, dass du überhaupt nicht mehr siehst, was gespielt wird?»

«Pure Unterstellung», erwiderte Samoilenko und ließ sich erneut nieder.

«Unterstellung? Aber warum fährt er denn allein und nimmt sie nicht mit? Und frag ihn doch, warum lässt nicht er sie vorausfahren und er kommt nach? So ein gerissener Hund …»

Samoilenko war zerschmettert von dem plötzlichen Zweifel und Verdacht in Bezug auf seinen Freund. Ihm war ganz elend, sogar seine Stimme klang matt.

«Aber das ist doch unmöglich!», sagte er, in Erinnerung an Lajewskis nächtlichen Besuch. «Er leidet doch so.»

«Und? Diebe und Brandstifter leiden auch!»

«Gesetzt den Fall, du hättest recht …», grübelte Samoilenko. «Gesetzt den Fall … aber er ist doch jung und in der Fremde … Student … Unsereiner war ja schließlich auch mal Student, und außer uns hilft ihm doch keiner.»

«Das heißt – du willst noch zur Lumperei helfen, bloß weil ihr zwei zu verschiedenen Zeiten an der Universität herumgefaulenzt habt! So was Verrücktes!»

«Langsam. Lass uns die Sache mal kaltblütig nehmen. Vielleicht wäre es so zu machen …» Samoilenko dachte angestrengt nach. Er spielte mit seinen Fingern. «Weißt du: Ich gebe ihm das Geld. Aber ich nehme ihm sein heiliges Ehrenwort ab, dass er Nadjeshda Fjodorowna innerhalb einer Woche das Reisegeld schickt.»

«Und er gibt dir sein Ehrenwort, unter Tränen, und glaubt sogar selber dran. Aber was ist sein Ehrenwort schon wert? Er wird's nicht halten. Und wenn du ihn nach ein, zwei Jahren mit einem neuen Liebchen am Arm auf dem Njewskij triffst, wird er zu seiner Rechtfertigung sagen, die Zivilisation habe ihn verkrüppelt und er sei eben ein Rudin[64]. Lass ihn doch um Gottes willen laufen! Wer Pech anfasst, besudelt sich!»

Samoilenko überlegte noch eine Weile. Dann sagte er entschlossen: «Und ich gebe ihm das Geld doch. Tu, was du willst. Ich bin einfach nicht imstande, einen Menschen im Stich zu lassen, auf Grund purer Unterstellung.»

«Großartig. Von mir aus küsse ihn ab!»

«Und jetzt gib die hundert», bat Samoilenko sanft.

«Nein.»

Es wurde still. Samoilenko war flau zumute. Er sah schuldbewusst, beschämt und flehentlich drein; das geradezu kindlich betrübte und ratlose Gesicht wirkte ganz seltsam bei solch einem Hünen im Schmuck von Orden und Ehrenzeichen.

«Seine Eminenz der hiesige Bischof bereist seinen Sprengel nicht zu Wagen, sondern hoch zu Ross», verkündete der Diakon und legte die Feder weg. «Wenn er so auf seinem Pferdchen sitzt, bietet er einen rührenden Anblick. Eine Schlichtheit und Bescheidenheit von geradezu biblischer Größe.»

«Ist er ein guter Mensch?», fragte von Koren, froh über den Wechsel des Themas.

«Was denn sonst? Wenn er nicht gut wäre, hätte man ihn doch nicht zum Bischof geweiht!»

«Unter den Bischöfen gibt es tatsächlich viele gute und gescheite Menschen», sagte von Koren. «Nur schade, dass viele an einer Schwäche leiden: Sie halten sich für Staatsmänner. Einer befasst sich mit Russifizierung[65], ein anderer kritisiert die Wissenschaft. Dabei geht sie das gar nichts an. Es wäre gescheiter, sich öfters mal im Konsistorium zu zeigen.»

«Der Laie kann keine Bischöfe beurteilen.»

«Aber warum denn nicht, Diakon? Der Bischof ist doch genau so ein Mensch wie ich!»

«Genau so und auch wieder nicht genau so.» Der Diakon fühlte sich gekränkt und griff erneut zur Feder. «Nämlich, wenn Sie genau so einer wären, dann läge der Segen auf Ihnen, und Sie wären selber Bischof. Sie sind aber nicht Bischof, also sind Sie auch nicht genau so einer.»

«Red keinen Stuss, Diakon!», sagte Samoilenko gequält. Dann wandte er sich wieder an von Koren. «Du brauchst mir die hundert Rubel nicht zu geben. Aber du kannst drei Monate bis zum Winter bei mir essen und zahlst sie mir einfach voraus.»

«Nein.»

Samoilenko wurde dunkelrot. Er zwinkerte. Mechanisch zog er das Buch mit dem Tausendfüßler zu sich her und beobachtete diesen interessiert. Dann stand er auf und griff nach seiner Mütze. Plötzlich tat er von Koren leid.

«Und mit so was soll man sich herumschlagen!», sagte er und fegte mit seiner Stiefelspitze ein Stück Papier in die nächste Ecke. «Versteh doch endlich: Das ist nicht Güte und nicht Liebe, sondern Nachgeben, Zuchtlosigkeit, Gift! Was einerseits der Verstand aufbaut, reißt eure schlappe, nichtsnutzige Weichherzigkeit wieder ein! Als Gymnasiast lag ich mal mit Bauchtyphus, und meine Tante gab mir vor lauter Mitleid marinierte Pilze zu essen, sodass ich fast draufgegangen wäre. Wenn du doch begreifen würdest, samt meiner Tante, dass die Menschenliebe nicht im Herzen sitzt, nicht unterm Schlüsselbein und nicht im Kreuz, sondern *hier*!» Dabei klopfte von Koren sich heftig gegen die Stirn.

«Da!», rief er und warf den Hundertrubelschein auf den Tisch.

«Kein Grund zur Aufregung, Kolja.» Samoilenkos Stimme war sanft, als er den Schein zusammenfaltete. «Ich verstehe dich wohl. Aber … versetz dich mal in meine Lage.»

«Ein altes Weib bist du und sonst nichts!»

Der Diakon wieherte.

«Hör mal, Alexander Davidytsch! Meine letzte Bitte!», sagte von Koren hitzig. «Wenn du dem Kalfakter das Geld tatsächlich gibst, dann nur unter der Bedingung: Er fährt gleichzeitig mit seiner Herzdame ab, oder er schickt sie voraus. Anders gibst du ihm das Geld nicht. Mit so was macht man keine Umstände. Sag ihm das. Wenn du's ihm nicht sagst, dann gehe ich persönlich zu ihm ins Amt, Ehrenwort, und gebe ihm einen Tritt, dass er die Treppe hinunterfliegt. Während ich die Beziehungen zu dir abbreche. Dass du Bescheid weißt!»

«Und …? Kann ihm doch bloß recht sein, wenn er mit ihr fährt oder sie vorausschickt!», sagte Samoilenko. «Sogar sehr recht wird ihm das sein! Also, leb wohl!»

Er nahm zärtlich Abschied und ging. Aber kurz bevor er die Tür hinter sich schloss, wandte er sich von Koren zu, schnitt ein grimmiges Gesicht und rief: «Dich haben die Deutschen verdorben, mein Lieber! Jawohl! Die Deutschen!»

XII

Am nächsten Tag – einem Donnerstag – feierte Marja Konstantinowna das Wiegenfest ihres Kostja. Die Gäste waren für Mittag zu Torte und für den Abend zu Schokolade gebeten. Als Lajewski und Nadjeshda Fjodorowna abends hinkamen, fragte der Zoologe, der bereits schokoladetrinkend im Salon saß, eben Samoilenko: «Hast du mit ihm gesprochen?»

«Noch nicht.»

«Pass auf! Nur nicht zimperlich! Die Unverfrorenheit dieser Herrschaften ist mir einfach unbegreiflich! Sie wissen doch ganz genau, wie man hier im Haus über ihre Wirtschaft denkt, und trotzdem kommen sie angetanzt.»

«Wenn man sich nach jedem Vorurteil richtet», gab Samoilenko zurück, «kann man überhaupt nirgends mehr hingehen.»

«Ist die Ablehnung von freier Liebe und Liederlichkeit durch die Masse etwa ein Vorurteil?»

«Klar. Vorurteil und Gehässigkeit. Wenn Soldaten ein leichtes Mädchen sehen, lachen und pfeifen sie. Aber frag doch mal, was sie selber tun!»

«Ganz umsonst pfeifen sie auch wieder nicht. Sieh mal … Mädchen erwürgen ihre kleinen Kinder und kriegen dafür Zuchthaus. Anna Karenina wirft sich unter den Zug. Auf dem Dorf beschmieren sie die Hoftore gewisser Jungfern mit Teer. Dich und mich zieht, unklar, warum, an dieser Katja eben ihre Reinheit an. Jeder Mensch empfindet, und sei es auch nur dumpf, das Bedürfnis nach reiner Liebe, obwohl er genau weiß, dass es so etwas nicht gibt. Und das alles soll Vorurteil sein? Das, mein Lieber, ist als Einziges von der natürlichen Auslese geblieben. Und wenn sie nicht existierte, diese dunkle Kraft, die das Verhältnis der Geschlechter regelt, so hätten dir Herr Lajewski und Konsorten schon lange gezeigt, wo die Krebse überwintern, und in zwei Jahren wäre die Menschheit degeneriert.»

Lajewski betrat den Salon. Er begrüßte alle, von Koren mit gewinnendem Lächeln, als er ihm die Hand gab. Dann passte er einen geeigneten Augenblick ab und sagte zu Samoilenko: «Entschuldige, Alexander Davidytsch, kann ich dich kurz allein sprechen?»

Samoilenko erhob sich, legte seinen Arm um den

Freund, und das Paar verschwand im Arbeitszimmer von Nikodim Alexandrytsch.

«Morgen ist Freitag …», begann Lajewski und biss an seinen Nägeln herum. «Hast du das Versprochene?»

«Bloß zweihundertzehn. Aber den Rest kriege ich heute oder morgen. Sei ganz beruhigt.»

«Gott sei Dank!», seufzte Lajewski. Die Hände zitterten ihm vor Freude. «Du bist meine Rettung, Alexander Davidytsch. Und ich schwöre dir bei Gott, bei meinem Glück oder was du willst: Ich schicke dir das Geld sofort nach Ankunft. Samt dem, was ich dir von früher schulde.»

«Hör mal, Wanja …» Samoilenko packte einen Knopf von Lajewskis Rock und zog den Freund zu sich her, wobei er ganz rot wurde. «Verzeih, wenn ich mich in deine häuslichen Angelegenheiten einmische, aber … warum willst du eigentlich nicht mit Nadjeshda Fjodorowna abreisen?»

«Du bist drollig. Als ob das möglich wäre! Einer muss ja hierbleiben, sonst brechen die Gläubiger in Geheul aus. Ich bin in den Läden hier doch an die siebenhundert Rubel schuldig, wenn nicht mehr. Warte nur, bis ich ihnen von dort aus das Geld in den Rachen werfe, dann gibt's Ruhe. Und dann erst kann auch sie weg.»

«Ach so … Aber warum lässt du sie nicht vorausfahren?»

«Du lieber Gott, als ob das ginge!» Lajewski schien förmlich entsetzt. «Sie ist doch eine Frau, was soll sie denn so allein? Sie versteht doch rein gar nichts! Nein, das würde nur bedeuten: Zeit und Geld verschwenden!»

«Plausibel», dachte Samoilenko. Aber dann fiel ihm sein Gespräch mit von Koren wieder ein. Er senkte den Blick und sagte grimmig: «Ich kann dir nicht zustimmen. Entweder du nimmst sie mit, oder du schickst sie voraus. Andernfalls … andernfalls gebe ich dir das Geld nicht. Mein letztes Wort!»

Er trat zurück, prallte rücklings gegen die Tür und erschien wieder im Salon, hochrot und völlig durcheinander.

«Freitag», dachte Lajewski, als er seinerseits den Salon betrat. «Freitag … Freitag …»

Das Wort «Freitag» ging ihm nicht aus dem Kopf. Er war unfähig, etwas anderes zu denken als: «Freitag». Klar war ihm nur eines – wenn auch nicht im Kopf, sondern irgendwo in der Tiefe seines Herzens –, am Samstag würde er nicht mehr reisen können. Plötzlich stand Nikodim Alexandrytsch vor ihm, wie aus dem Ei gepellt, wohlfrisiert, und bat: «Greifen Sie zu, ich bitte ganz ergebenst …»

Marja Konstantinowna aber wies ihren Gästen Katjas Schulzeugnisse vor, wobei sie gedehnt erklärte: «Heutzutage ist das Lernen maßlos erschwert, maßlos! Es wird derart viel verlangt …»

«Aber Mama!» Katja hätte sich vor Scham ob der Lobhudelei am liebsten verkrochen.

Auch Lajewski besah sich die Zensuren und stimmte in das allgemeine Lob ein. Religion, Russisch, Betragen – die Vierer und Fünfer tanzten ihm vor den Augen, verschmolzen mit der Zwangsvorstellung Freitag, mit den wohlfrisierten Koteletten von Nikodim Alexandrytsch, mit Katjas roten Bäckchen zu seltsam unbegreiflicher, auswegloser Verzweiflung, sodass er beinahe aufgeschrien hätte. Immer wieder fragte er sich: «Soll ich denn wirklich und wahrhaftig nicht wegkommen?»

Man schlug zwei L'hombre-Tische[66] nebeneinander auf, nahm Platz, um «Die Post» zu spielen.

Auch Lajewski setzte sich. «Freitag», dachte er. «Freitag» ... Lächelnd zog er einen Bleistift aus der Tasche. «Freitag» ...

Er versuchte seine Lage zu überdenken und fürchtete sich doch davor. Es war ihm grässlich, dass der Doktor ihn auf einem Betrug ertappt, den er, Lajewski, so lange und sorgfältig vor sich selbst verborgen hatte. Niemals hatte er seinen Gedanken an die Zukunft die Zügel lose gelassen. Einsteigen – abfahren, damit schien das Problem seines Lebens gelöst, weiter ließ er seine Wünsche nicht vorpreschen. Und doch, wie ein fernes, trübes Feuerchen im Feld, so glomm zuweilen in seinem Kopf der Gedanke auf, irgendwo, in ferner Zukunft, in irgendeinem Petersburger Gässchen, werde er vermutlich zu einer kleinen Lüge flüchten müssen, um die Trennung von Nadjeshda Fjodorowna, das Bezahlen seiner Schulden zu ermöglichen. Eine einzige Lüge, und dann fängt ein neues Leben an. Wie gut das sein würde: um den Preis einer kleinen Lüge die große Wahrheit.

Jetzt erst, durch des Doktors abschlägige Antwort, die so unverhüllt auf den Betrug hinwies, begriff er die Notwendigkeit der Lüge, nicht nur für eine ferne Zukunft, sondern heute, morgen, in einem Monat, wer weiß, vielleicht bis an sein Lebensende. – Wahrhaftig, um hier loszukommen, muss er Nadjeshda Fjodorowna belügen, außerdem Gläubiger und Behörden. Um in Petersburg Geld zu kriegen, muss er die Mutter belügen, ihr die bereits vollzogene Trennung von Nadjeshda Fjodorowna weismachen. Da ihm die Mutter keinesfalls mehr als fünfhundert Rubel geben wird, bedeutet dies bereits wieder Betrug am Doktor, denn er wird ja nicht so bald imstande sein, ihm sein Geld zu schicken. Und wenn Nadjeshda Fjodorowna nach Petersburg kommt … Ein ganzer Rattenschwanz großer und kleiner Lügen, bis er sie schließlich los hat. Dazu erneut Tränen, Überdruss, schales Leben, Reue … Von neuem Leben keine Rede. Betrug über Betrug. Ein ganzer Lügenberg türmt sich vor Lajewski. Ihn überspringen, nicht portionenweise lügen müssen – da hilft nur ein radikales Mittel. Zum Beispiel wortlos aufstehen, den Hut aufsetzen, abfahren, ohne Geld, ohne einer Seele etwas zu sagen. Aber das gerade würde er nicht können, Lajewski wusste es wohl.

«Freitag», dachte er. «Freitag. Freitag …»

Man kritzelte Briefchen, faltete sie und warf sie in Nikodim Alexandrytschs alten Zylinderhut. War genügend Post beisammen, so ging Kostja als Briefträger damit um den Tisch und trug sie aus. Der Diakon, Katja und Kostja bekamen drollige Zuschriften und gaben sich Mühe, noch drolligere zu verfassen; alle drei waren selig.

«Wir müssen uns aussprechen», las Nadjeshda Fjodorowna auf einem der Zettel. Sie sah zu Marja Konstantinowna hinüber, die ihr mandelsüß zunickte.

«Wozu aussprechen?», dachte Nadjeshda Fjodorowna. «Wenn man doch nicht alles sagen kann, wozu dann aussprechen?»

Vor dem Besuch hier hatte sie Lajewski die Krawatte gebunden, und dies an sich völlig bedeutungslose Tun hatte ihr Herz mit Zärtlichkeit und Melancholie erfüllt. Der Aufruhr in seinem blassen Gesicht, sein unruhiger Blick und überhaupt die ganze unbegreifliche Veränderung, die in letzter Zeit mit ihm vorgegangen, dazu die Tatsache, dass sie ein furchtbares, widerwärtiges Geheimnis vor ihm hütete, dass ihr die Hände beim Binden der Krawatte zitterten – all dies, so war ihr, deutete darauf hin, ihre Gemeinschaft werde nicht mehr von allzu langer Dauer sein. Sie blickte zu ihm auf wie zu einem Heiligenbild, voll Furcht und Reue, und dachte nur immer: «verzeih, verzeih ...»

Ihr gegenüber am Spieltisch saß Atschmianow, ohne den Blick seiner schwarzen, verliebten Augen von ihr zu wenden. Es erregte sie, und sie schämte sich und hatte Angst, ihr ganzer Kummer werde sie nicht daran hindern, der trüben Leidenschaft nachzugeben, wenn nicht heute, dann morgen, und sie werde sich genauso wenig mehr in der Gewalt haben wie ein Gewohnheitstrinker.

Um ein solches Leben – schmählich für sie selbst, beleidigend für Lajewski – nicht weiterführen zu müssen, beschloss sie ihre Abreise. Unter Tränen würde sie ihn anflehen, er solle sie freigeben. – Wenn er sich weigert, verlässt sie ihn heimlich. Aber sie schweigt über das Geschehene. Er soll sie in reiner Erinnerung behalten.

«Ich liebe, liebe, liebe …», las sie. Das kam von Atschmianow.

Irgendwo in einem verlassenen Winkel wird sie leben, arbeiten und, mit Absender «Unbekannt», an Lajewski Geld schicken, gestickte Hemden und Tabak. Erst im Alter wird sie zu ihm zurückkehren, oder falls er schwer krank ist und eine Pflegerin braucht. Und wenn er dann, als alter Mann, einmal erfährt, warum sie sich weigerte, seine Frau zu werden, warum sie ihn verließ, dann wird er ihr Opfer zu schätzen wissen und verzeihen.

«Ihre Nase ist ziemlich lang geraten.» Das kam wohl vom Diakon oder von Kostja.

Nadjeshda Fjodorowna sieht es vor sich … Beim Abschied umarmt sie Lajewski heftig, küsst ihm die Hand, schwört ihm Liebe für ihr ganzes Leben. Später, in der Verbannung, unter Fremden, denkt sie Tag für Tag daran, dass sie ja irgendwo einen Freund hat, einen Geliebten, lauter, edel, hochstehend, der ihr Bild rein in sich bewahrt.

«Wenn Sie mir heute kein Rendezvous geben, ziehe ich andere Saiten auf. Ehrenwort. So springt man mit anständigen Leuten nicht um. Dies sei hiermit klargestellt. – Von Kirilin.»

XIII

Lajewski bekam zwei Briefchen. Er faltete das eine auseinander und las:

«Mach dich nicht aus dem Staube,
Meine geliebte Taube ...»

Wer das nur geschrieben hat? Samoilenko keinesfalls. Der Diakon auch nicht, obwohl er ja weiß, dass ich wegfahren will. Am Ende von Koren?

Der Zoologe beugte sich eben über den Tisch, zeichnete eine Pyramide. Seine Augen lächelten, fand Lajewski.

«Vermutlich hat Samoilenko geschwatzt», dachte er. Im andern Briefchen stand, in genau derselben eckigen Handschrift voll gewaltiger Schwänze und Schleifen:

«Jemand reist am Samstag nicht ab.»

«Blöder Scherz!», dachte Lajewski. «Freitag. Freitag.»

Plötzlich würgte es ihn in der Kehle. Er fasste nach seinem Kragen, wollte sich räuspern; statt dessen brach er in schallendes Gelächter aus. «Hahaha!» Er schrie vor Lachen. «Hahaha!» Und dachte dabei: «Was ist bloß mit mir?» – «Hahaha!»

Er wollte sich krampfhaft beherrschen, hielt die Hand vor den Mund, aber das Gelächter zersprengte ihm beinahe Hals und Brust, und seine Hand hatte nicht die Kraft, den Mund zu bedecken.

«So was Blödsinniges!», dachte er, immerzu vom Lachen geschüttelt. «Mir scheint, ich bin verrückt geworden!»

Das Gelächter wurde immer höher und schriller und glich schon mehr dem Kläffen eines Bologneser Hündchens. Lajewski versuchte aufzustehen, aber die Beine versagten, und seine rechte Hand hüpfte, durchaus wider seinen Willen, auf dem Tisch hin und her, griff und zerknüllte die Zettel. Er nahm erstaunte Mienen wahr, Samoilenkos ernstes, erschrockenes Gesicht und einen angewiderten Blick des Zoologen, voll kalten Hohns. Da begriff er. Ein hysterischer Anfall. «So eine Schmach und Schande!», dachte er, während ihm die Tränen warm übers Gesicht liefen. – «Ach du liebe Zeit, was für eine Schande! Das ist mir doch noch nie passiert ...»

Aber schon fühlte er sich unter den Armen angehoben und weggeführt, seinen Kopf von hinten gestützt; ein Glas blitzte vor seinen Augen auf und schlug ihm gegen die Zähne; Wasser floss ihm über die Brust. Ein kleiner Raum, in der Mitte zwei Betten nebeneinander, schneeweiß zugedeckt. Er fiel darauf und weinte laut.

«Komm, komm», sagte Samoilenko. «So was kann passieren. So was gibt's.»

Kalt vor Angst, am ganzen Körper zitternd, voll grauenhafter Ahnung, stand Nadjeshda Fjodorowna neben dem Bett. «Was hast du denn? Was hast du? So sag doch um Gottes willen ...»

«Ob vielleicht Kirilin ihm etwas geschrieben hat?», fiel ihr ein.

«Nichts …» Lajewski weinte und lachte in einem Atemzug. «Geh, mein Liebes.»

«Sein Gesicht drückt weder Hass noch Ekel aus, also weiß er nichts.» Nadjeshda Fjodorowna wurde etwas ruhiger und ging in den Salon zurück.

«Regen Sie sich nicht auf. Liebste!» Marja Konstantinowna setzte sich zu ihr, nahm ihre Hand.

«Das geht vorbei. Die Männer sind eben genauso ein schwaches Geschlecht wie wir Armsünderinnen. Außerdem machen Sie beide jetzt eine Krisis durch … Das ist ja so verständlich! Also, Liebste, ich warte auf Ihre Antwort. Wir wollen uns aussprechen.»

«O nein, wir wollen lieber erst gar nicht sprechen», erwiderte Nadjeshda Fjodorowna und horchte auf Lajewskis Schluchzen. «Mir ist so elend. Bitte, lassen Sie mich heimgehen.»

«Aber Liebste, wo denken Sie denn hin!» Marja Konstantinowna war entsetzt. «Glauben Sie wirklich, ich lasse Sie ohne Abendbrot weg? Jetzt wird erst gegessen, und dann, meinetwegen, Gott befohlen.»

«Mir ist so elend …», flüsterte Nadjeshda Fjodorowna und umklammerte mit beiden Händen die Stuhllehne, um nicht vornüberzusinken.

«Krämpfe wie ein Säugling!», sagte von Koren, der eben den Raum betrat, heiter. Aber als er Nadjeshda Fjodorowna sah, wurde er verlegen und ging rasch wieder hinaus.

Als der Anfall vorbei war, fand Lajewski sich auf einem fremden Bett sitzen. Er überlegte. «So eine Schande, losheulen wie eine Jungfer! Ich bin ja tatsächlich ein komischer Kauz, und widerwärtig obendrein. Ich gehe einfach durch die hintere Haustür weg. Aber nein, das bedeutet, dass ich meine Hysterie allzu ernst nehme. Lieber mokiere ich mich über die ganze Geschichte.» Er musterte sich im Spiegel, blieb noch eine Weile sitzen und ging dann hinüber.

«Da bin ich wieder!», verkündete er lächelnd. Aber ihm war qualvoll peinlich zumute, und er merkte wohl, dass umgekehrt seine Anwesenheit peinlich auf jedermann wirkte. – «Was es doch alles gibt!», sagte er, Platz nehmend. «Ich sitze da, und ganz plötzlich, wissen Sie, spüre ich einen stechenden Schmerz in der Seite, so unerträglich, dass die Nerven nicht standhalten. Na, und daher dies ganze Theater. Unser nervöses Zeitalter, nichts zu wollen!»

Nach Tisch trank er Wein, schwatzte flott drauflos, und nur zuweilen zog er krampfhaft die Luft ein und strich sich über die Seite, um zu zeigen, der Schmerz sei durchaus noch nicht verflogen. Aber kein Mensch außer Nadjeshda Fjodorowna glaubte ihm; er sah es wohl.

Gegen zehn Uhr erging man sich auf der Promenade. Nadjeshda Fjodorowna hatte Angst, Kirilin werde sie ansprechen, und hielt sich deshalb immer bei Marja Konstantinowna und den Kindern. Ihr war richtig schlecht vor Furcht und Jammer, außerdem spürte sie schon wieder das Fieber kommen. Sie schleppte sich förmlich dahin, konnte sich kaum auf den Beinen halten. Aber nach Hause ging sie nicht, denn sie war überzeugt davon, Kirilin oder Atschmianow würden ihr folgen, wenn nicht alle zwei. Kirilin ging hinter ihr, mit Nikodim Alexandrytsch zusammen, und sang halblaut:

«Denn mit mi-ir darf man nicht spi-ielen!
Spielen la-ass ich nicht mit mi-ir!»

Man bog zum Pavillon ab, promenierte am Strand und sah lange dem Meeresleuchten zu. Wobei von Koren erklärte, warum es leuchte.

XIV

«Übrigens – höchste Zeit für meine Wintpartie! Man erwartet mich», erklärte Lajewski. «Leben Sie wohl, meine Herrschaften!»

«Ich gehe mit dir.» Nadjeshda Fjodorowna nahm seinen Arm.

Sie verabschiedeten sich. Auch Kirilin verabschiedete sich, da er den gleichen Weg habe, und ging neben dem Paar.

«Was kommen soll, kommt doch», dachte Nadjeshda Fjodorowna. «Von mir aus.»

Ihr schien, alle üble Erinnerung sei zwar aus ihrem Kopf geschwunden, marschiere nun aber, schwer atmend, in der Dunkelheit an ihrer Seite, während sie, wie eine in die Tinte geratene Fliege, mühsam auf dem Pflaster dahinkrieche und Lajewskis Arm und Seite beklecksе. Wenn

Kirilin irgendetwas ausheckte, so dachte sie, war nicht einmal er schuld, sondern sie ganz allein. Es gab doch eine Zeit, da kein einziger Mann mit ihr so gesprochen hatte wie dieser Kirilin jetzt, und sie selbst hatte diese Zeit abgeschnitten wie einen Faden, zerstört auf immer. Wer also war schuld? Ganz verwirrt durch Begierde, hatte sie einem völlig unbekannten Mann wohl nur darum zugelächelt, weil er groß und gut gewachsen war. Nach zwei Begegnungen hatte sie ihn satt und gab ihm den Laufpass. «Und» – so dachte sie jetzt – «hat er folglich nicht das Recht, mit mir umzuspringen, wie es ihm beliebt?»

«Hier, mein Herz, verlasse ich dich.» Lajewski blieb stehen. «Ilja Michailytsch bringt dich nach Haus.»

Er verbeugte sich vor Kirilin, überquerte die Promenade, bog in die Straße zu Scheschkowskis Haus mit den hell erleuchteten Fenstern ein. Man hörte, wie die Gartentür hinter ihm ins Schloss fiel.

«Gestatten Sie mir folgende Erklärung!», begann Kirilin. «Ich bin kein Lausejunge. Nicht irgendein Atschkassow oder Latschkassow, Satschkassow …[67] Ich verlange ernsthaftes Interesse!»

Nadjeshda Fjodorownas Herz klopfte ungestüm. Sie antwortete nicht.

«Den schroffen Wandel Ihrer Beziehung mir gegenüber habe ich mir anfänglich als Koketterie erklärt», fuhr Kirilin fort. «Jetzt aber sehe ich, dass Sie einfach unfähig sind, mit anständigen Menschen umzugehen. Sie wollten mich einfach als Spielzeug haben, wie Ihr armenisches Bürschchen. Ich aber bin ein anständiger Mensch und verlange, dass man mich wie einen solchen behandelt. Ich stehe also zu Ihren Diensten …»

«Mir ist so elend.» Nadjeshda Fjodorowna weinte. Sie wandte sich ab, um ihre Tränen zu verbergen.

«Mir ist auch elend. Aber was soll das?»

Kirilin schwieg eine Zeit lang. Aber dann sprach er wieder, scharf, langsam und deutlich: «Ich wiederhole, gnädige Frau: Wenn Sie mir nicht heute noch ein Rendezvous geben, schlage ich heute noch Skandal.»

«Lassen Sie mich, nur heute noch», bat Nadjeshda Fjodorowna. Die eigene Stimme war ihr fremd, so kläglich und dünn klang sie.

«Ich muss Ihnen eine Lehre erteilen … Entschuldigen Sie den schroffen Ton. Aber ich muss Ihnen unbedingt eine Lehre erteilen. In der Tat, ich bin zu meinem eigenen Bedauern gezwungen, Ihnen eine Lehre zu erteilen. Ich verlange zwei Zusammenkünfte: heute und morgen. Übermorgen haben Sie Ihre völlige Freiheit und können nach allen vier Himmelsrichtungen gehen, mit wem Sie wollen. Heute und morgen.»

Nadjeshda Fjodorowna blieb an ihrem Gartentürchen stehen. «Lassen Sie mich!», flüsterte sie, an allen Gliedern zitternd. Sie sah in der Dunkelheit nichts anderes als den weißen Uniformrock. – «Sie haben recht. Ich bin eine schreckliche Frau. Ich bin schuldig. Aber lassen Sie mich … ich bitte Sie …» Dabei fasste sie bebend nach seiner kalten Hand. «Ich flehe Sie an …»

«Ach», seufzte Kirilin. «Ach! Mein Plan sieht eben gar nicht vor, dass ich Sie lassen soll. Ich will Ihnen ja nur eine Lehre erteilen, sodass Sie begreifen. Und überdies, Madame, glaube ich den Frauen nur noch recht wenig.»

«Mir ist so elend.»

Nadjeshda Fjodorowna lauschte dem gleichmäßigen Schlag der Brandung. Sie sah zum sternübersäten Himmel auf und hatte nur noch den Wunsch, alles möge schnell zu Ende sein und sie selber befreit von diesem verfluchten Leben samt Meer, Sternen, Männern und Fieber.

«Nur nicht bei mir zu Hause», sagte sie kalt. «Führen Sie mich, wohin Sie wollen.»

«Wir gehen am besten zu Mjuridow[68].»

«Wo ist das?»

«Beim alten Wall.»

Sie ging rasch die Straße entlang, bog in eine Gasse, bergan. Es war finster. Auf dem Pflaster lagen blasse Lichtstreifen erhellter Fenster. Sie kam sich vor wie eine Fliege, die bald in die Tinte fällt und bald wieder heraus – und ins Licht krabbelt. Kirilin folgte ihr auf dem Fuß. Einmal stolperte er, wäre beinahe gefallen. Er lachte laut.

«Betrunken ist er obendrein», dachte Nadjeshda Fjodorowna. «Auch schon egal. Alles egal. Von mir aus.»

Atschmianow hatte sich gleichfalls bald von der Gesellschaft verabschiedet und war Nadjeshda Fjodorowna gefolgt, um sie zu einer Bootsfahrt einzuladen. Er ging bis zu ihrem Haus und spähte über den Zaun. Die Fenster standen weit offen, es brannte kein Licht.

«Nadjeshda Fjodorowna!», rief er.

Eine Minute verstrich. Er rief von Neuem.

«Wer da?», ließ sich Olgas Stimme vernehmen.

«Ist Nadjeshda Fjodorowna zu Hause?»

«Nein. Noch nicht.»

«Seltsam. Sehr seltsam», dachte Atschmianow, dessen sich starke Unruhe bemächtigte. «Sie ist doch nach Haus gegangen …»

Er spazierte über die Promenade, über die Straße, tat einen Blick durchs Fenster bei Scheschkowski. Lajewski saß hemdsärmelig am Tisch, blickte aufmerksam in seine Karten.

«Seltsam, seltsam», murmelte Atschmianow. Lajewskis Anfall kam ihm in den Sinn, er fühlte sich peinlich berührt. – «Aber wenn sie nicht zu Hause ist, wo denn sonst?»

Er kehrte zu Nadjeshda Fjodorownas Wohnung zurück, starrte die dunklen Fenster an. «Betrug!», dachte er. «Betrug!» Denn sie selbst hatte ihm noch mittags bei Bitjugows, wo man sich begegnet war, eine Bootsfahrt für diesen Abend zugesagt.

Die Fenster in dem von Kirilin bewohnten Haus waren ebenfalls dunkel; auf dem Bänkchen vor der Haustür saß ein Polizist und schlief. Als Atschmianow ihn und die dunklen Fenster sah, war ihm alles klar. Er beschloss heimzugehen, doch fand er sich unversehens wieder vor Nadjeshda Fjodorownas Wohnung.

Er ließ sich auf die Bank nieder, nahm seinen Hut ab, denn sein Kopf glühte vor Eifersucht und Schmach.

Die Turmuhr der Stadtkirche schlug nur zweimal innerhalb vierundzwanzig Stunden: Mittag und Mitternacht. Kurz nach dem Mitternachtsschlag näherten sich eilige Schritte.

«Also, morgen Abend wieder bei Mjuridow!», hörte Atschmianow Kirilins Stimme. «Um acht Uhr! Auf Wiedersehn!»

Am Zaun erschien Nadjeshda Fjodorowna. Sie bemerkte Atschmianow auf seiner Bank nicht, glitt wie ein Schatten vorbei, klinkte das Türchen auf, ließ es weit offen stehen und trat ins Haus.

Im Schlafzimmer zündete sie eine Kerze an, entkleidete sich rasch, legte sich aber nicht zu Bett. Sondern sie sank vor einem Stuhl in die Knie, umschlang ihn mit beiden Armen und presste ihre Stirn gegen das Holz.

Gegen drei Uhr kam Lajewski nach Hause.

XV

Nachdem Lajewski den Entschluss zu einer Reihe kleinerer Lügen statt der einmaligen großen gefasst hatte, ging er anderntags gegen zwei Uhr zu Samoilenko, von dem er das Geld erbitten wollte, um unwiderruflich Samstag reisen zu können. Nach dem gestrigen Anfall, der seiner ohnedies schwermütigen Verfassung noch den Stachel der Scham hinzufügte, war für ihn ein weiterer Aufenthalt in dieser Stadt einfach undenkbar. Beharrte Samoilenko auf seinen Bedingungen, so konnte er, Lajewski, sich ja ruhig auf diese einlassen und erst einmal das Geld an sich nehmen; morgen, kurz vor Abfahrt des Zuges, würde er dann sagen, Nadjeshda Fjodorowna wolle gar nicht mitkommen. Von heute Abend an würde er ihr wohl einreden können, all dies geschehe nur zu ihrem Besten. Schlug aber Samoilenko, offensichtlich unter von Korens Einfluss, das Geld rundweg ab oder verfiel auf neue Bedingungen, so würde er, Lajewski, noch heute an Bord eines Frachtdampfers gehen, seinetwegen konnte es sogar ein Segelboot sein, mit Kurs nach dem Nowi Afon oder Noworossijsk.[69] Von dort aus bekäme seine Mutter dann ein reumütiges Telegramm, und er bliebe, bis sie ihm das Reisegeld schickte.

In Samoilenkos Salon traf er von Koren. Der Zoologe kam eben zu Tisch, und wie gewöhnlich blätterte er im Album, besah sich Herren im Zylinderhut, Damen im Spitzenhäubchen.

«Wie dumm!», dachte Lajewski, als er ihn erblickte. «Der kann bloß stören.»

«Guten Tag!»

«Guten Tag», gab von Koren zurück, ohne aufzusehen.

«Ist Alexander Davidytsch zu Hause?»

«Jawohl. In der Küche.»

Also ging Lajewski in die Küche. Aber schon von der Tür aus sah er, dass Samoilenko mit der Zubereitung des Salats beschäftigt war, und so kehrte er wieder um und setzte sich im Salon. Immer schon hatte ihn die bloße Gegenwart des Zoologen unsicher gemacht. Dazu hegte er heute die besondere Furcht, man werde auf seinen Anfall zu sprechen kommen. Eine kurze Zeit blieb es still.

Dann schlug von Koren seinen Blick plötzlich zu Lajewski auf und fragte: «Wie fühlen Sie sich denn nach gestern?»

«Ausgezeichnet!» Lajewski wurde rot. «Im Grunde war es ja gar nichts Besonderes.»

«Bis gestern war ich der Meinung, Hysterie sei eine Sache der Damen; deshalb glaubte ich zuerst, Sie hätten den Veitstanz.»

Lajewski lächelte unterwürfig. «Wie taktlos von ihm», dachte er. «Er weiß doch ganz genau, wie schwer ich es habe.» Laut und immerzu lächelnd sagte er: «Tatsächlich eine komische Geschichte. Sie hat mich heute noch den ganzen Morgen amüsiert. Das Kuriose an solch hysterischer Attacke ist: Man weiß ganz genau, wie verrückt sie ist, lacht innerlich darüber, heult aber immerzu. In unserem nervösen Zeitalter sind wir nun mal Sklaven unserer Nerven. Sie sind unsere Herren und tun mit uns, was ihnen passt. Auf diesem Gebiet hat uns die Zivilisation wahrhaftig einen Bärendienst erwiesen …»

Lajewski sprach und sprach. Es war ihm unangenehm, dass von Koren so ernsthaft und aufmerksam zuhörte und ihn so forschend ansah, als studiere er ihn. Auch ärgerte ihn, dass er selbst nicht imstande war, das unterwürfige Lächeln zu lassen, obwohl er diesen von Koren doch nicht ausstehen konnte.

«Immerhin», fuhr er fort, «gab es unmittelbare und ganz handfeste Gründe für den Anfall. Die letzte Zeit hat meine Gesundheit ziemlich untergraben. Nehmen Sie dazu ein unausgefülltes Leben, keine Menschen, keine gemeinsamen Interessen … Eine Lage, schlimmer als die des Gouverneurs!»

«In der Tat. Ihre Lage ist hoffnungslos», sagte von Koren.

Die ruhig und kalt gesprochenen Worte, die reiner Hohn, aber auch unerbetene Prophezeiung sein mochten, trafen Lajewski schwer. Der gestrige Blick des Zoologen voll Spott und Abscheu fiel ihm ein. Er schwieg eine Weile, bevor er – nun nicht mehr lächelnd – fragte: «Und woher ist Ihnen meine Lage bekannt?»

«Einmal sprachen Sie soeben selbst davon. Und dann nehmen Ihre Freunde daran so leidenschaftlich Anteil, dass man den ganzen Tag nichts anderes hört als von Ihnen.»

«Welche Freunde? Etwa Samoilenko?»

«Jawohl. Er auch.»

«Ich wollte Alexander Davidytsch und meine übrigen Freunde bereits bitten, sich weniger um mich zu sorgen.»

«Da kommt Samoilenko. Bitten Sie ihn doch gleich, sich weniger um Sie zu sorgen.»

«Ihr Ton ist mir unverständlich», murmelte Lajewski. Ihm war, als begreife er jetzt erst, dass der Zoologe, im Grunde sein schlimmster und unversöhnlicher Feind, ihn hasste, verachtete, verhöhnte. «Sie können sich diesen Ton für irgendjemanden sonst aufsparen», sagte er leise, unfähig, laut zu sprechen, denn Hass schnürte ihm Brust und Kehle zusammen wie gestern der Lachreiz.

Samoilenko trat ein, hemdsärmelig, vom Küchendunst puterrot und schweißtriefend.

«Ach, du bist da?», sagte er. «Grüß dich, mein Lieber. Hast du schon gegessen? Also, zier dich nicht: Hast du schon gegessen?»

«Alexander Davidytsch!» Lajewski erhob sich. «Wenn ich mit einer höchstpersönlichen Bitte zu dir gekommen bin, bedeutet das nicht, dass ich dich von der Pflicht entbunden hätte, Diskretion und fremde Geheimnisse zu wahren.»

«Was soll das heißen?», fragte Samoilenko verblüfft.

«Wenn du kein Geld hast», fuhr Lajewski fort, wobei seine Stimme immer schriller wurde und er vor Erregung von einem Fuß auf den andern trat, «brauchst du mir auch keins zu geben! Du sagst in dem Fall einfach Nein! Aber warum hängst du an die große Glocke, meine Lage sei hoffnungslos, und so weiter? Mildtätigkeit und Freundschaftsdienst für eine Kopeke, Geschrei für einen Rubel – ich kann's nicht ausstehen! Du kannst von mir aus dein gutes Herz über den grünen Klee loben, aber kein Mensch gibt dir das Recht, meine Geheimnisse preiszugeben!»

«Was für Geheimnisse?» Noch immer begriff Samoilenko nicht. Allmählich packte ihn die Wut. «Wenn du hier bloß Radau machen willst, kannst du gehen und später wiederkommen!»

Da fiel ihm eine Regel ein: Wirst du zornig über deinen Nächsten, so zähle in Gedanken bis hundert – und schon bist du ruhiger. – Er begann eifrig zu zählen.

«Ich bitte Sie hiermit, sich nicht mehr um mich zu kümmern!», sprach Lajewski weiter. «Schenken Sie mir bitte keinerlei weitere Beachtung! Wen gehe ich überhaupt etwas an? Wen geht meine Lebensweise etwas an? Jawohl, ich *will* wegfahren! Jawohl, ich mache Schulden, saufe, lebe mit der Frau eines andern, ich habe hysterische Anfälle, ich bin ein fader Bursche und kein tiefschürfender Geist wie gewisse andere Leute – aber wen geht's was an? Ich fordere Respekt vor der Persönlichkeit!»

«Hör mal, mein Lieber, entschuldige ...», sagte Samoilenko, eben bei fünfunddreißig angelangt. «Aber ...»

«Respekt vor der Persönlichkeit!», schnitt Lajewski ihm das Wort ab. «Dauernder Tratsch auf fremde Kosten, Ach und Weh, ewiges Aushorchen, Ausspionieren, freundschaftliches Mitgefühl – zum Teufel damit! Wenn man mir Geld leiht, so nur unter Bedingungen, als wäre ich eine Rotznase! Ich werde hier behandelt wie Dreck! Ich verzichte!» Lajewski schrie. Er schwankte vor Aufregung, fürchtete einen neuen Anfall. «Also werde ich samstags nicht abfahren», ging es ihm durch den Sinn. «Ich verzichte! Ich bitte nur nachdrücklich, jede Vormundschaft zu unterlassen! Ich bin weder ein Lausejunge noch ein Verrückter und bitte um Einstellung der Überwachung!»

Der Diakon trat ein. Als er Lajewski sah, der blass, wild gestikulierend dem Porträt des Fürsten Woronzoff eine überaus eigentümliche Rede hielt, blieb er bei der Tür stehen wie angewurzelt.

«Dies ewige Schnüffeln in meiner Seele beleidigt die Menschenwürde in mir!», schrie Lajewski weiter. «Und ich bitte die freiwilligen Spitzel hiermit, ihre Spionage einzustellen! Schluss!»

«Was hast du … was haben Sie da gesagt?» Samoilenko hatte seine Hundert ausgezählt und trat nun, mit dunkelrotem Kopf, auf Lajewski zu.

«Schluss!», schrie dieser erneut. Dann griff er, völlig außer Atem, nach seiner Mütze.

«Ich bin russischer Arzt, Edelmann und Staatsrat!» Samoilenko sprach förmlich abgehackt. «Ein Spitzel war ich meiner Lebtag nicht, und ich gestatte keiner Seele, mich zu beleidigen!» Jetzt schrie auch er, wobei seine Stimme zitterte. Das letzte Wort hatte er besonders nachdrücklich betont. – «Schnauze!»

Der Diakon hatte den Doktor noch nie derart großartig, geschwollen, kirschrot und grimmig erlebt. Schnell hielt er sich die Hand vor den Mund und lief ins Vorzimmer, wo er sich vor Lachen ausschütten wollte. Wie durch Nebel sah Lajewski von Koren aufstehen und, die Hände lässig in den Hosentaschen, stehen bleiben und den weiteren Fortgang der Dinge abwarten. Gerade diese Pose erschien Lajewski als im höchsten Maße frech und beleidigend.

«Wollen Sie bitte Ihre Äußerungen zurücknehmen!», schrie Samoilenko.

Lajewski wusste schon nicht mehr, welche Äußerungen. Er schrie zurück: «Meine Ruhe will ich! Gar nichts sonst will ich! Ich will nur, dass Sie und gewisse deutsche Judensprösslinge mich in Ruhe lassen! Sonst ergreife ich Maßnahmen! Sonst schlage ich mich!»

«Jetzt wird die Sache verständlich», sagte von Koren und kam hinter dem Tisch hervor. «Herr Lajewski wünscht vor seiner Abfahrt eine kleine Zerstreuung durch ein Duell. Den Spaß kann er meinetwegen haben. Herr Lajewski, ich nehme Ihre Forderung an.»

«Forderung?» Lajewski sprach jetzt ganz leise. Er trat nahe an den Zoologen heran, starrte hasserfüllt die sonnverbrannte Stirn, das krause Haar an. «Forderung? Bitte sehr! Ich hasse Sie! Und wie ich Sie hasse!»

«Angenehm. Morgen früh, zeitig, draußen bei Kerbalaj. Alle Details nach Ihrem Gusto. Und jetzt packen Sie sich.»

«Ich hasse Sie!», sagte Lajewski gepresst. Er atmete schwer. «Schon lange hasse ich Sie! Ein Duell! Jawohl!»

«Nimm ihn weg, Alexander Davidytsch, oder ich gehe», sagte von Koren. «Am Ende beißt er mich noch.»

Der ruhige Ton von Korens ernüchterte den Doktor. Er kam zu sich, begriff, schlang beide Arme um Lajewski. Dann führte er ihn vom Zoologen weg und murmelte mit zitternder Stimme, aus der die pure Liebe sprach: «Aber, meine Freunde … Ihr Lieben, Guten … Ihr habt euch beide in Rage geredet, aber jetzt lasst's gut sein … Das wird schon wieder … Ihr seid doch meine Freunde …»

Beim Klang der gütigen, herzlichen Stimme ging Lajewski auf, dass in sein Leben etwas ganz Neues, Wunderbares gekommen war, so als sei er vor dem Zermalmtwerden durch Eisenbahnräder bewahrt geblieben. Die Tränen kamen ihm. Er winkte nur rasch ab und lief hinaus.

«Fremden Hass empfinden und vor dem Hasser stehen als geringes, erbärmliches, hilfloses Geschöpf – o Gott, ist das schwer!», dachte er, als er kurz darauf im Pavillon saß. Ihm war, der fremde Hass überziehe seinen ganzen Körper wie mit Rost. «Wie furchtbar brutal, lieber Gott!»

Eiswasser und Kognak stärkten ihn rasch. Ganz klar sah er das ruhige, hochfahrende Gesicht von Korens vor sich, seinen gestrigen Blick, sein teppichbuntes Hemd, seine weißen Hände. Er hörte seine Stimme. Schwerer, wilder, heißhungriger Hass wallte in seiner Brust auf, schrie nach Befriedigung. In Gedanken warf er von Koren zu Boden, trampelte auf ihm herum. Er sah die Szene in allen Einzelheiten. Und ihn wunderte nur, dass er solch nichtswürdigem Kerl noch zugelächelt, unterwürfig zugelächelt und mit der Meinung ganz kleiner, völlig unbekannter Menschen gerechnet hatte, in einem ebenso völlig unbekannten Nest, das noch nicht einmal auf der Landkarte eingezeichnet und in Petersburg keiner Seele ein Begriff war. – Falls dieses Nest einmal plötzlich niederbrennt oder vom Erdboden verschluckt wird, liest ganz Russland das Telegramm so gleichmütig wie die Ankündigung einer Möbelauktion. Ob er morgen von Koren tötet oder am Leben lässt – es kommt auf ein und dasselbe hinaus. Uninteressant, sinnlos. Aber ihn in Fuß oder Hand schießen, verwunden! Und dann auslachen! Wie ein Käfer mit gebrochenem Bein sich ins Gras schleppt und dort verschwindet, so wird auch jener mit seinem dumpfen Schmerz sich verlieren in der Fülle von Menschen, die genauso bedeutungslos sind wie er selbst.

Lajewski begab sich zu Scheschkowski, erstattete ihm genau Bericht und bat ihn, Sekundant zu sein. Darauf gingen sie gemeinsam zum Vorsteher des Post- und Telegraphenamtes, baten ihn ebenfalls als Sekundanten und blieben zu Tisch. Später wurde viel gelacht und gescherzt. Lajewski witzelte darüber, dass er kaum zu schießen verstehe, nannte sich Schützenkönig und Wilhelm Tell. «Aber man muss diesem Herrn eine Lektion erteilen!», sagte er.

Nach Tisch setzte man sich zum Kartenspiel. Auch Lajewski spielte, trank Wein und dachte dabei, so ein Duell sei zwar völlig töricht und sinnlos, da es ein Problem nur kompliziere statt löse – und doch zuweilen unvermeidlich. Zum Beispiel im vorliegenden Fall. Er konnte doch von Koren nicht beim Friedensrichter verklagen! Und dann hatte dies Duell auch sein Gutes, denn danach würde Lajewski unmöglich hier im Städtchen bleiben können. Er war leicht berauscht, das Kartenspiel zerstreute ihn angenehm. Er fühlte sich wohl.

Aber nach Sonnenuntergang, bei Einbruch der Dunkelheit, wurde er unruhig. Doch war es keine Angst vor dem Tod, denn während Schmaus und Kartenspiel war ihm irgendwie zur Gewissheit geworden, dies Duell gehe unentschieden aus. Wohl aber hatte er Angst vor dem Unbekannten, das morgen früh erstmalig in sein Leben einbrechen würde; Angst auch vor dieser Nacht. Er wusste, sie würde lang und schlaflos sein, voll Grübelei, nicht nur über von Koren und dessen Hass, sondern über jenen Lügenberg, den er bewältigen musste, da er ihn aus Mangel an Kraft und List nicht umgehen konnte. Es packte ihn wie plötzliche Krankheit. Der Spaß an Karten und Gesellschaft war dahin, Unruhe überfiel ihn, er bat, man möge ihn nach Hause lassen.

In der Nähe seiner Wohnung traf er Atschmianow. Der junge Mensch wirkte erhitzt und nervös. «Ich suche Sie, Iwan Andrejitsch!», sagte er. «Ich bitte Sie, kommen Sie rasch …»

«Wohin denn?»

«Ein unbekannter Herr will Sie sehen, er hat eine wichtige Botschaft für Sie. Er bittet Sie ganz untertänigst auf einen Augenblick zu sich. Er muss dringend mit Ihnen sprechen. Es geht für ihn auf Leben und Tod …»

Atschmianow in seiner Aufregung sprach mit stark armenischem Akzent; er sagte nicht Leben, sondern «Läbn».

«Wer denn?», fragte Lajewski.

«Er bat, seinen Namen nicht zu nennen.»

«Sagen Sie ihm, ich habe zu tun. Morgen, von mir aus …»

«Unmöglich!» Atschmianow geriet außer sich. «Er will Ihnen etwas mitteilen, für Sie äußerst wichtig … äußerst wichtig! Wenn Sie nicht kommen, geschieht ein Unglück.»

«Komisch …», murmelte Lajewski. Er begriff durchaus nicht, weshalb Atschmianow so aufgeregt war, und auch nicht, was es wohl für Geheimnisse in diesem trostlosen und so völlig unnützen Städtchen geben sollte. «Komisch», sagte er noch einmal, ganz in Gedanken. «Meinetwegen. Ich komme mit. Es ist schon alles egal.»

Atschmianow schritt rasch voraus, erst auf der Straße, dann in einem Seitengässchen.

«So was Dummes», bemerkte Lajewski.

«Gleich, gleich. Es ist ganz nah.»

Den alten Wall entlang gingen sie durch ein Gässchen zwischen zwei umzäunten, verwahrlosten Grundstücken, dann über einen geräumigen Hofplatz auf ein kleines Häuschen zu.

«Das gehört doch Mjuridow, oder nicht?», fragte Lajewski.

«Ja.»

«Aber warum denn durch Hinterhöfe? Das verstehe ich nicht! Von der Straße aus ist's doch näher!»

«Tut nichts … Nicht so wichtig.» Es machte Lajewski auch stutzig, dass Atschmianow ihn zur Hintertür führte und ihm durch Zeichen bedeutete, er solle still sein und leise auftreten.

«Hier, hier …», flüsterte Atschmianow, klinkte behutsam die Tür auf und glitt auf Zehenspitzen in den Flur. «Und bitte, ganz leise, sonst hört man uns.» Er lauschte, schwer atmend. Dann flüsterte er: «Öffnen Sie diese Tür und gehen Sie hinein. Keine Angst!»

Lajewski, aufs Äußerste gespannt, öffnete die Tür. Er betrat eine Stube mit niederer Decke, verhängten Fenstern. Auf dem Tisch stand eine Kerze.

«Was gibt's?», fragte jemand aus dem Nebenraum. «Bist du's, Mjuridka?»

Lajewski wandte sich dem Nebenraum zu. Er sah Kirilin. Und Nadjeshda Fjodorowna.

Er hörte nicht, was man mit ihm sprach. Er wich zurück und stand plötzlich auf der Straße. Der Hass gegen von Koren, die Unruhe – alles war aus seinem Herzen fortgewischt. Auf dem Heimweg schwenkte er ganz merkwürdig den rechten Arm, auch sah er aufmerksam auf seine Füße, um nicht fehlzutreten. Zu Hause, in seinem Studierzimmer, ging er hin und her, rieb seine Hände. Hals und Schultern zuckten, als würden ihm Rock und Hemd plötzlich zu eng. Schließlich zündete er eine Kerze an und setzte sich an den Tisch …

XVI

«Die von Ihnen zitierten humanitären Doktrinen werden den Menschengeist erst dann zufriedenstellen, wenn sie, im Laufe ihrer Entwicklung, auf die exakten Wissenschaften stoßen und beide von da an vereint marschieren. Ob sie einander unter dem Mikroskop begegnen oder in Monologen eines neuen Hamlet oder in einer neuen Religion, das weiß ich nicht. Aber ich glaube, ehe dies geschieht, legt sich die Erde einen Eispanzer um.[70] Die stärkste und lebendigste von allen humanitären Lehren ist natürlich die von Christus. Aber sehen Sie doch mal, wie verschieden sie auftritt! Die einen lehren: ‹Liebet alle eure Mitmenschen.› Dies gilt freilich nicht für Soldaten, Verbrecher und Verrückte: Die Ersten darf man im Krieg totschießen, die Zweiten in Verbannung schicken oder hinrichten, während man den Dritten die Ehe verbietet. Wieder andere Schriftgelehrte sagen: ‹Liebet alle eure Mitmenschen, ausnahmslos, ohne Wertung von Plus und Minus!› Ihre Lehre bedeutet also: Wenn ein Schwindsüchtiger oder ein Mörder oder ein Epileptiker Sie um die Hand Ihrer Tochter bittet – einwilligen. Wenn Kretins über geistig und körperlich Gesunde herfallen – Kopf hinhalten. Träte dies Evangelium von Liebe um der Liebe willen, genau wie es ein *l'art pour l'art*[71] gibt, in Kraft, so stürbe die Menschheit schließlich aus, und damit wäre das schlimmste von allen Übeln dieser Welt geschehen. Auslegungen gibt es massenweise; aber wenn es noch so viele sind: Ein ernsthafter Verstand wird sich mit keiner davon begnügen, sondern dieser Masse, so schnell er kann, seine eigene Deutung hinzufügen. Deshalb stellen Sie niemals eine Problematik, wie Sie sagen, auf philosophische oder sogenannte christliche Basis – es entfernt sie nur von der Lösung.»

Der Diakon hörte dem Zoologen eifrig zu. Er bedachte sich eine Zeit lang und fragte: «Und das Moralgesetz, das in jedem Menschen ruht? Haben es die Philosophen sich ausgedacht, oder hat Gott es gleichzeitig mit dem menschlichen Leib erschaffen?»

«Weiß ich nicht. Doch ist dies Gesetz allen Völkern und Zeiten in so hohem Maße gemeinsam, dass mir sein organischer Zusammenhang mit dem Menschen schlechthin erwiesen scheint. Es wurde nicht erdacht. Es ist. Und es wird sein. Ich behaupte nicht, es werde eines Tages im Mikroskop sichtbar sein, aber sein organisches Band ist ja heute schon klar erkennbar: Eine schwere Erkrankung des Gehirns und alle sogenannten seelischen Krankheiten drücken sich zuerst in der Umkehrung des Moralgesetzes aus, soviel mir bekannt ist.»

«Gut. Das heißt also: Genauso wie der Magen essen will, will das sittliche Gefühl, wir sollen unsere Mitmenschen lieben. Nicht wahr? Aber unsere wirkliche Natur widersetzt sich aus Egoismus der Stimme von Vernunft und Gewissen, und daraus entsteht so viel Kopfzerbrechen. An wen soll man sich eigentlich um die Lösung all dieser Fragen wenden, wenn Sie die Philosophie als Basis ablehnen?»

«Halten Sie sich an das geringe Maß exakter Erkenntnis, die wir besitzen. Trauen Sie den offenkundigen, logischen Tatsachen. Ich gebe zu, es ist ein kümmerlicher Halt, aber dafür nicht so unsolide und nebulös wie die Philosophie. Nehmen wir also an, das Moralgesetz verlangt von uns Nächstenliebe. Was heißt das? Diese Liebe muss vom Menschen all das fernhalten, was ihm irgendwie schädlich, bedrohlich oder gefährlich sein kann, sei es jetzt oder später. Nun weiß man aber, durch Erkenntnis und Augenschein, dass der Menschheit von den körperlich und geistig Abnormen Gefahr droht. Wenn dies sich so verhält, kämpft also gegen diese Abnormen! Und wenn eure Kraft nicht ausreicht, sie zur Norm zu führen, so reicht sie samt eurem Verstand doch aus, sie unschädlich zu machen. Auszurotten.»

«Folglich bestünde die Liebe darin, dass der Starke den Schwachen besiegt?»

«Zweifellos.»

«Aber die Starken haben doch unseren Herrn Jesum Christum gekreuzigt!», wandte der Diakon hitzig ein.

«Das ist es ja gerade. Nicht die Starken haben ihn gekreuzigt, sondern die Schwachen. Die menschliche Kultur ist erschlafft. Und bestrebt, Kampf ums Dasein und

Zuchtwahl auf null zu bringen. Daher die rasche Vermehrung der Schwachen und ihre Herrschaft über die Starken. Stellen Sie sich mal vor, es gelänge Ihnen, den Bienen die Humanitätsidee in ihrer groben, unfertigen Form beizubringen. Was wäre der Effekt? Die Drohnen, die getötet werden müssen, bleiben am Leben, fressen den Honig auf, pervertieren die Arbeitsbienen und erwürgen sie schließlich. Resultat: Übergewicht der Schwachen über die Starken und Entartung der Letzteren. Genau dasselbe spielt sich zurzeit innerhalb der Menschheit ab. Bei den Wilden, die noch keine Kultur beleckt hat, steht der Stärkste, Klügste und Beste an der Spitze, als Fürst und Häuptling. Wir aber, wir Kulturvölker, haben Christus gekreuzigt und hören nicht auf, ihn zu kreuzigen. Also fehlt etwas bei uns. Und dies Etwas müssen wir in uns wiedergewinnen, sonst reißen die Missverständnisse nicht ab.»

«Welches Kriterium wenden Sie zur Unterscheidung von schwach und stark an?»

«Wissen und Augenschein. Tuberkulöse und Skrofulöse erkennt man an ihrer Krankheit, Unmoralische und Verrückte an ihren Taten.»

«Irren ist menschlich.»

«Schon. Aber was hilft Angst vor nassen Füßen, wenn die Sintflut droht?»

«Das nenne ich Philosophie!» Der Diakon lachte.

«Keinesfalls. Vielmehr hat Ihre Seminarphilosophie Sie derart verdorben, dass Sie in allem und jedem nur noch Nebel sehen. Die abstrakten Wissenschaften, mit denen man Ihr junges Haupt vollgestopft hat, heißen ebendeshalb abstrakt, weil sie Ihnen den Verstand abstrahieren von dem, was auf der Hand liegt. Sehen Sie dem Teufel ins Gesicht! Und wenn's der Teufel ist, sagen Sie laut, dass es der Teufel ist! Und betteln Sie nicht bei Kant und Hegel[72] um Erklärungen!»

Der Zoologe schwieg eine Weile. Dann sprach er weiter: «Zwei mal zwei ist vier, und ein Stein ist ein Stein. Morgen haben wir ein Duell. Sie und ich, wir sind uns beide einig darin, dass es töricht und geschmacklos ist, dass ein Duell sich längst überlebt hat, dass Duell zwischen Aristokraten[73] und Schlägerei besoffener Bauern im Dorfkrug ihrem Wesen nach sich nicht unterscheiden. Trotzdem aber bleibt man nicht zu Hause, sondern fährt hin und schlägt sich. Also gibt es eine Kraft, die stärker ist als unsere Vernunft. Wir schreien, Krieg sei nichts als Raub, Barbarei, Grauen, Brudermord; wir fallen in Ohnmacht beim Anblick von Blut – kaum jedoch haben uns Franzosen oder Deutsche gereizt, da fühlen wir den Geist über uns kommen, brüllen von Herzen Hurra! und stürzen uns auf den Feind; Sie, Diakon, flehen auf unsere Waffen den Segen Gottes hernieder, und unser Heldentum weckt allgemeine, echte Begeisterung. Folglich gibt es wiederum eine Kraft, die zwar durchaus nicht edler, doch stärker ist als wir samt unserer Philosophie. Und wir können sie nicht aufhalten, so wenig wie jene Regenwolke über der See. Deshalb heucheln Sie nicht, ballen Sie nicht die Faust in der Tasche und jammern Sie nicht: ‹Ach, wie töricht! Ach, wie veraltet! Ach, wie sehr im Widerspruch mit der Schrift!› Sondern sehen Sie dieser Wolke mutig entgegen, beugen Sie sich ihrer vernünftigen Gesetzmäßigkeit; und sollte sie Lust haben, dies elende, skrofulöse, entartete Geschlecht zu vernichten, so fahren Sie nicht mit Ihren Pillen und Zitaten aus einem falsch verstandenen Evangelium dazwischen. Bei Leskow gibt es den braven Daniel, der weit draußen vor der Stadt einen Aussätzigen findet, ihn speist und wärmt im Namen Christi und der Menschenliebe.[74] Hätte dieser Daniel die Menschen wahrhaftig geliebt, so hätte er den Aussätzigen noch weiter fortgezerrt und in den nächsten Graben geworfen und statt ihm den Gesunden gedient. Ich meine doch, Christus habe uns eine sinnvolle und nutzbringende Liebe gepredigt.»

«Sie sind ein komischer Kauz!», lachte der Diakon. «Sie glauben doch gar nicht an Christum. Warum kommen Sie immer wieder auf ihn zurück?»

«Nein, ich glaube schon. Freilich auf meine Art, und nicht auf die Ihre! Ach, Diakon, Diakon!» Jetzt lachte auch der Zoologe. Er schlang den Arm um den Diakon und sagte fröhlich: «Wie steht's? Fährt man morgen mit zum Duell?»

«Meine Würde erlaubt's nicht. Sonst führe ich mit.»

«Was heißt hier Würde?»

«Ich bin doch geweiht. Priesterweihe.»

«Ach, Diakon, Diakon! Wie gern diskutiere ich doch mit Ihnen!»

«Sie sagen, Sie haben einen Glauben», sagte der Diakon. «Aber was für einen! Ein Onkel von mir ist Pope. Der glaubt so stark, dass er auf die Bittprozession um Regen gleich Regenschirm und Ledermantel mitnimmt, dass er auf dem Rückweg nicht nass wird. Das heiße ich Glauben! Wenn der vom Heiland spricht, dann geht direkt ein Leuchten von ihm aus, dass seine Bauern, Männlein und Weiblein, Rotz und Wasser heulen. Der würde Ihnen die Wolke anhalten und Ihre ganzen Kräfte zum Teufel jagen. Jawohl! Der Glaube versetzt Berge.»

Diesmal musste der Diakon selbst lachen. Er schlug den Zoologen auf die Schulter. «So ist das …», fuhr er fort. «Da studieren Sie nun immerzu. Erforschen die Meerestiefe. Scheiden schwach und stark. Schreiben Bücher und fordern Leute zum Duell. Und dabei bleibt alles hübsch an seinem Fleck. Murmelt aber irgendein schwacher Greis, beseelt vom Heiligen Geist, zwei Worte vor sich hin oder kommt ein neuer Mohammed säbelschwingend aus Arabien angesprengt – das gibt ein höllisches Durcheinander, kein Stein bleibt auf dem andern in Europa!»

«Na, na, Diakon. Das ist vorläufig mit Heugabeln an den Himmel geschrieben!»

«Glaube ohne Werke ist tot.[75] Werke ohne Glaube aber – das ist noch übler. Pure Zeitvergeudung, aus!»

Am Kai tauchte der Doktor auf. Als er den Diakon und den Zoologen sah, kam er heran.

«Alles klappt, soweit ich sehen kann», sagte er ziemlich atemlos. «Sekundanten sind Goworowski und Bojko. Um fünf morgen früh holen sie dich ab. – Wie sich das bedeckt hat!» Er sah zum Himmel empor. «Schlechte Sicht. Gleich wird's gießen.»

«Du kommst doch mit, hoffe ich?», erkundigte sich von Koren.

«Nein. Gott bewahre mich davor, mir reicht's auch so! Ustimowitsch fährt statt mir. Ich habe schon mit ihm verhandelt.»

Weit draußen über dem Meer flammte ein Blitz. Dumpf rollte der Donner.

«So was von Schwüle», sagte von Koren. «Übrigens möchte ich wetten, dass du bei Lajewski warst und dich an seinem Busen ausgeweint hast.»

«Wie käme ich dazu?», gab der Doktor verlegen zurück. «Das wäre ja noch schöner!»

Bis Sonnenuntergang war er über Promenade und Straßen geschlendert in der Hoffnung, Lajewski zu treffen. Er schämte sich seines Wutausbruches und auch seiner überfließenden Gutmütigkeit unmittelbar danach. Er hätte sich gern bei Lajewski entschuldigt, mehr in scherzhaftem Ton, hätte ihm in aller Freundschaft den Kopf gewaschen, ihn aber auch beruhigt. Und über das Duell hätte er gesagt, es handle sich hier zwar um Reste mittelalterlicher Barbarei, doch habe die Vorsehung selbst ihnen das Duell als Weg zur Versöhnung gewiesen: Denn morgen würden sie, alle beide prächtige Burschen – und grundgescheit obendrein! –, nach einem Schusswechsel den gegenseitigen Edelmut zu schätzen wissen und Freunde werden. Aber kein Lajewski war zu sehen, weit und breit.

«Warum sollte ausgerechnet ich zu ihm gehen?», fing Samoilenko wieder an. «Ich habe ja nicht ihn beleidigt, sondern er mich! Sei doch so gut und sag mir, warum er derart auf mich losfuhr? Was hatte ich ihm eigentlich getan? Ich komme ahnungslos in meinen Salon, da schreit mich einer an: ‹Du Spitzel!› Einfach toll. Sag mir bloß – was habt ihr denn miteinander gehabt? Was hast du denn zu ihm gesagt?»

«Ich habe gesagt, seine Lage sei hoffnungslos. Und hatte recht damit. Nur Ehrenhafte und Betrüger finden einen Ausweg aus jeder Lage. Wer aber gleichzeitig ehrenhaft und Betrüger sein will, findet keinen. Übrigens, meine Herren, es ist schon elf, und morgen müssen wir früh heraus.»

Ein Windstoß wirbelte Sand vom Kai hoch, heulte, überschrie die Brandung.

«Sturm!», sagte der Diakon. «Wir müssen gehen, im Nu hat man die Augen voll.»

Im Gehen sagte Samoilenko und hielt dabei seine Mütze fest: «Von Schlaf vermutlich keine Rede.»

«Reg dich nur nicht auf!» Der Zoologe lachte. «Sei du ganz unbesorgt. Bei dem Duell kommt doch nichts heraus. Lajewski schießt hochherzig in die Luft, er kann ja gar nicht anders. Und ich schieße wahrscheinlich überhaupt nicht. Wegen Lajewski vor Gericht, Zeit vergeuden? Lohnt nicht. Übrigens, was für eine Strafe steht eigentlich auf Duell?[76]»

«Gefängnis. Bei Tod des Gegners Festung bis zu drei Jahren.»

«Petropawlowsk?»[77]

«Nein. Ich glaube, irgendeine Garnison.»

«Dabei hätte das Bürschchen wahrlich eine Lektion verdient!»

Über dem Meer flammte ein Blitz, riss einen Augenblick Dächer und Berge aus dem Dunkel. An der Promenade trennten sich die Freunde. Als der Doktor schon in der Nacht verschwunden und sein Schritt beinahe verhallt war, rief ihm von Koren nach: «Hauptsache, das Wetter verdirbt uns nicht alles!»

«Wär ein Segen! Gott geb's!»

«Gute Nacht!»

«Was für eine Nacht? Was?»

Aber im Lärm von Wind und Meer und dumpfem Donnerschlag war nichts mehr zu verstehen.

«Nichts!», rief der Zoologe und ging eilig nach Hause.

XVII

Vor dumpfem Schmerz vergeh ich schier,
Und Schwermut macht, dass ich vertage:
Erinnerung entrollt vor mir
Die Sündenliste meiner Tage.
Mit Ekel lese ich im Buche meines Lebens,
Ich zittere und ich verfluche,
Doch heiße Reu und Träne sucht vergebens
Die Schrift zu tilgen aus dem Unglücksbuche.

Puschkin[78]

Ob man ihn am nächsten Morgen totschießt oder zum Hohn am Leben lässt – es ist so und so aus mit ihm. Ob diese verkommene Frau sich vor Scham und Verzweiflung das Leben nimmt oder ihr elendes Dasein weiterschleppt – es ist so und so aus mit ihr …

Das waren Lajewskis Gedanken, als er spätabends am Tisch saß und noch immer seine Hände rieb. Plötzlich sprang ein Fensterflügel auf, ein Windstoß fuhr herein, fegte Papiere vom Tisch. Lajewski schloss das Fenster, bückte sich und hob die Papiere auf. Er war sich selbst auf einmal fremd, fühlte sich im Gegensatz zu sonst schwerfällig, erkannte seine eigenen Bewegungen nicht wieder. Er trat zaghaft auf, stieß überall die Ellbogen an; seine Schultern zuckten. Sobald er am Tisch saß, rieb er aufs Neue die Hände. Sein Körper war richtig steif.

«Am Vorabend des Todes schreibt man an die Nächsten», erinnerte sich Lajewski. So griff er zur Feder und schrieb mit zittriger Schrift: «Liebe Mutter!»

– Eigentlich wollte er der Mutter schreiben, sie möge doch, im Namen des barmherzigen Gottes, an den sie glaube, Obdach und Herzenswärme spenden der unglücklichen, von ihm entehrten Frau, die jetzt allein, arm und elend zurückbleibe; alles möge die Mutter verzeihen, alles, und durch ihr Opfer die furchtbare Schuld des Sohnes, und sei es nur zum Teil, sühnen. Aber da sah er seine Mutter, eine füllige, imponierende Matrone mit Spitzenhäubchen, vor sich, wie sie morgens aus dem Haus in den Garten ging, hinter ihr die arme Verwandte mit dem Schoßhündchen; sie herrschte den Gärtner und das übrige Gesinde an, und ihr Gesicht war stolz und kalt. All das sah er vor sich. Und so strich er das Geschriebene durch.

Grell zuckte ein Blitz in allen drei Fenstern. Ihm folgte ohrenbetäubender Donner, lang hallend, erst dumpfes Grollen, dann knatternd, dass die Scheiben klirrten. Lajewski stand auf, ging zum Fenster und presste die Stirn ans Glas. Draußen tobte das Gewitter, heftig, schön. Am Horizont fielen unablässig Blitze wie weiße Bänder aus dem Gewölk ins Meer, erhellten schwarze Wellenberge in weitem Raum. Rechts und links flammte Blitzgeleucht, wohl auch über seinem Haus.

«Gewitter!», flüsterte Lajewski. Er hätte gern zu jemandem oder zu irgendetwas gebetet, und sei es auch nur Blitz oder Wolke. «Gutes Gewitter!»

Er dachte an Gewitter seiner Kindheit. Ohne Mütze war er in den Garten gelaufen, hinter ihm drein zwei kleine, blonde, blauäugige Mädchen, und alle trieften vor Regen. Sie jubelten vor Entzücken, und nur wenn der Donner krachte, schmiegten sich die zwei Kleinen vertrauensvoll an den Jungen; der bekreuzigte sich und fing heftig zu beten an: ‹Heilig, heilig, heilig …›[79] Ach, wo seid ihr, welches Meer hat euch verschlungen, Samenkörner eines köstlich reinen Lebens? Das Gewitter fürchtet er nicht mehr. Die Natur liebt er nicht. Er besitzt keinen Gott. Und alle vertrauensvollen kleinen Mädchen sind von ihm und seinen Gleichaltrigen unglücklich gemacht worden. Im väterlichen Garten hat er zeit seines Lebens kein Bäumchen gepflanzt, keinen Grashalm wachsen lassen. Lebend unter Lebenden hat er keine Fliege vom Tod gerettet. Immer nur zerstört, getötet, gelogen, gelogen …

«Was eigentlich war nicht Laster?», fragte er sich. Er suchte irgendeine lichte Erinnerung zu fassen, so wie ein in den Abgrund Stürzender sich an Strauchwerk klammert. Gymnasium? Universität? Alles Trug. Er hatte schlecht gelernt und das Gelernte überdies vergessen. Dienst an der Gesellschaft? Auch dies – Trug. Denn während der Dienstzeit tat er nichts, sein Gehalt strich er umsonst ein. Sein sogenannter Dienst war einfach gräulicher Diebstahl an der Staatskasse, und dafür wurde man noch nicht einmal vor Gericht gestellt.

Er brauchte die Wahrheit nicht, darum suchte er sie auch nicht. Sein durch Laster und Lüge betäubtes Gewissen schlief, oder es schwieg. Wie ein Fremdling, Bewohner eines anderen Sterns, hielt er sich aus dem Leben der Menschen heraus. Ihr Leiden und Denken, ihr Glaube, Wissen, Suchen und Kämpfen ließ ihn kalt; er gab keiner Seele ein gutes Wort; er schrieb keine einzige nutzbringende Zeile, keine, die nicht irgendwo wurmstichig war. Er tat den Menschen nichts zuliebe, nicht für einen Groschen. Aber er aß ihr Brot, er trank ihren Wein und stahl ihre Frauen. Er lebte von ihren Ideen und, um doch dies jämmerliche Schmarotzertum vor den andern und sich selbst zu rechtfertigen, gab er sich den Anschein, er stehe höher, sei besser als sie alle. Lüge, Lüge. Nichts als Lüge.

Klar stand vor ihm, was er diesen Abend in Mjuridows Haus erblickt hatte; ihm wurde schier unerträglich elend vor Ekel und Schmerz. Natürlich waren Kirilin und Atschmianow widerwärtige Typen, aber im Grunde führten sie ja nur das von ihm begonnene Werk fort, als seine

Schüler und Helfer. Eine junge schwache Frau hatte er um Mann, Freundeskreis und Heimat gebracht und hierhergeschleppt, in Hitze, Fieber und Trostlosigkeit. Tagtäglich hatte sie, wie ein Spiegel, seine Faulheit, Schlechtigkeit und Verlogenheit aufzufangen – darin allein bestand ihr armes, welkes kleines Leben. Dann bekam er sie satt und begann sie zu hassen; aber er brachte nicht den Mut auf, sie abzuschütteln, und so legte er sein Lügenwerk um sie wie Spinngewebe, immer dichter ... Den Rest besorgten die andern.

Bald saß Lajewski am Tisch, bald ging er zum Fenster. Er löschte die Kerze, er zündete sie wieder an. Er verfluchte sich laut, er weinte, jammerte, flehte um Vergebung. Ein paarmal lief er in Verzweiflung zurück zum Tisch und schrieb: «Liebe Mutter!»

Außer seiner Mutter besaß er weder Verwandte noch Freunde. Und wie sollte seine Mutter ihm helfen? Wo war sie überhaupt? Am liebsten wäre er zu Nadjeshda Fjodorowna gelaufen, vor ihr niedergefallen, hätte ihr Hände und Füße geküsst und sie um Verzeihung gebeten. Aber sie war sein Opfer, und ihm graute wie vor ihrem Leichnam.

«Mein Leben ist zerstört ...», murmelte er und rieb immerzu seine Hände. «Lieber Gott, warum muss ich weiterleben!»

Er selbst hatte seinen trüben Stern vom Himmel gestoßen; der Stern fiel, seine Spur verlosch in Nacht, und nie mehr konnte er zum Himmel aufsteigen. Denn das Leben wird nur einmal geschenkt. Es wiederholt sich nicht. Wäre eine Wiederkehr der letzten Tage, der letzten Jahre möglich – er hätte Lüge durch Wahrheit, Müßiggang durch Fleiß, Trübsinn durch Freude ersetzt; er hätte Reinheit zurückgegeben, wo er sie geraubt, er hätte Gott und die Gerechtigkeit gefunden. Aber dies war so unmöglich, wie den gefallenen Stern am Himmel wieder aufzuhängen. Und weil es unmöglich war, schlug die Verzweiflung über ihm zusammen.

Das Gewitter war vorbei. Er saß am offenen Fenster, und nun überdachte er ruhig, was ihm geschehen würde. Vermutlich wird ihn von Koren erschießen. Die klare, kalte Weltanschauung dieses Mannes erlaubt die Ausrottung der Krüppel und Schwächlinge. Ändert er seine Absicht im entscheidenden Augenblick, so nur, weil Hass und Ekel ihm zu Hilfe kommen, die ein Lajewski in ihm weckt. Wenn er aber vorbeischießt oder, um den verhassten Gegner recht zu demütigen, ihn nur verwundet, oder wenn er einfach in die Luft schießt, was dann? Und später, wohin?

«Nach Petersburg?», fragte sich Lajewski. «Aber gerade das wäre ja die Wiederholung des alten Lebens, das ich verfluche. Und wer, wie der Zugvogel, Rettung sucht durch Wechsel des Ortes, der findet sie nicht, denn für ihn ist die Welt überall gleich. Rettung bei den Menschen suchen? Bei wem? Und wie? Samoilenkos gütige Großmut vermag so wenig zu retten wie die Lachlust des Diakons, wie von Korens Hass. Rettung gibt es nur in mir selbst. Und wenn ich sie nicht finde, wozu dann weiter Zeit vertun? Dann mache ich Schluss. Im Grunde ganz einfach.»

Man hörte Räderrollen. Es wurde schon hell. Eine Kutsche fuhr vorbei, wendete, hielt vor dem Haus; die Räder knirschten im nassen Sand. Man sah im Wageninnern zwei Gestalten.

«Ich komme!», rief Lajewski aus dem Fenster. «Ich bin wach. Ist es denn schon Zeit?»

«Ja. Vier Uhr. Bis wir draußen sind …»

Lajewski nahm Mütze und Mantel, steckte Zigaretten ein. Dann stand er und überlegte. Ihm war, als müsse er noch etwas tun. Draußen sprachen seine Sekundanten gedämpft miteinander, und die Pferde schnaubten. Diese Laute, in nasser Morgenfrühe, solange alles noch schlief, der Himmel kaum hell wurde, füllten Lajewskis Herz mit Kleinmut, beinahe schon mit böser Ahnung. Er stand noch eine Weile still. Dann ging er ins Schlafzimmer hinüber.

Nadjeshda Fjodorowna lag ausgestreckt auf ihrem Bett, ganz in eine Reisedecke gehüllt. Sie lag regungslos. Da auch ihr Kopf verhüllt war, glich sie einer ägyptischen Mumie. Lajewski sah schweigend auf sie hinab, bat sie in seinem Herzen um Verzeihung und dachte: «Wenn der Himmel nicht leer ist, sondern wirklich ein Gott darin, dann soll er sie beschützen. Wenn aber kein Gott ist, dann soll sie ruhig sterben, dann ist ihr Leben doch sinnlos.»

Plötzlich fuhr sie hoch, setzte sich im Bett auf. Sie hob ihr bleiches, erschrecktes Gesicht zu Lajewski und fragte: «Du bist's? Ist das Gewitter vorbei?»

«Ja.»

Plötzlich fiel ihr alles ein. Sie presste die Hände an den Kopf, am ganzen Körper zitternd. «Mir ist so schwer ums

Herz», sagte sie. «Wenn du wüsstest, wie schwer! Ich habe immer gewartet …» – sie schloss krampfhaft die Augen – «bis du kommst und mich totschlägst oder fortjagst, ins Gewitter hinaus, aber du bist nicht gekommen …»

Da nahm er sie heftig in seine Arme. Er küsste ihre Hände, ihre Knie, und als sie etwas vor sich hin murmelte und in der Erinnerung zusammenzuckte, streichelte er ihr Haar. Als er ihr ins Gesicht sah, begriff er, diese unglückliche, verkommene Frau sei der einzige von ihm geliebte und für ihn unersetzliche Mensch.

Er trat aus dem Haus, bestieg die Kutsche. Und er wünschte, lebend zurückzukommen.

XVIII

Der Diakon stieg aus dem Bett, zog sich an, nahm seinen Knotenstock und schlich aus dem Haus. Es war so dunkel, dass der kräftig ausschreitende Diakon anfänglich nicht einmal den hellen Stock wahrnehmen konnte. Kein Stern am Himmel, der eher nach neuem Regen aussah. Es roch nach nassem Sand und Meer.

«Hauptsache, die Tschetschenen überfallen mich nicht», dachte der Diakon, als er hörte, wie sein Stock gegen das Pflaster stieß und wie laut dies in der einsamen Nacht widerhallte.

Vor der Stadt draußen konnte er langsam Weg und Stock erkennen, auch erschienen hie und da am schwarzen Himmel trübe Flecken, und bald blinzelte sogar schüchtern ein Stern hervor, wie ein einsames Auge. Der Diakon wanderte auf dem Rücken der hohen Steilküste dahin. Das Meer konnte er nicht sehen. Tief drunten lag es im Schlaf; träge und schwer, gleichsam seufzend, schlugen seine Wellen an Land; ganz langsam. War eine Woge gebrandet, so zählte der Diakon acht Schritte bis zur nächsten, und von dieser sechs bis zur übernächsten. Sehen konnte er nichts davon. Aber im Dunkel rauschte das Meer, schläfrig und träge, und es rauschte wie undenkbar ferne Zeit, da Gott über dem Chaos schwebte.[80]

Dem Diakon war nicht ganz geheuer. Er dachte, vielleicht wolle Gott ihn dafür strafen, dass er Umgang mit Ungläubigen pflegte und zum Überfluss nun unterwegs war, sich ihr Duell anzusehen. Zwar handelte es sich bei diesem Duell im Grunde um nichts als harmlosen, unblutigen Scherz, aber es war und blieb doch ein heidnisches Schauspiel, dem beizuwohnen einer geistlichen Person gar übel anstand. Er verhielt den Schritt, dachte: «Ob ich nicht umkehren soll?» Aber eine starke, unbezähmbare Neugier gewann die Oberhand über alle Zweifel, und so schritt er dahin.

«Ungläubig sind sie schon. Aber doch gute Menschen, und ihre Seele nicht verloren», beruhigte er sich selbst. «Keinesfalls verloren!», sagte er laut. Dann steckte er sich eine Zigarette an.

Welcher Maßstab galt eigentlich für menschliche Verdienste, um gerecht urteilen zu können? Dem Diakon fiel sein Widersacher ein, Verwalter im Priesterseminar. Der glaubte an Gott, schlug sich nicht auf Duellen herum und führte einen keuschen Lebenswandel; aber er hatte dem Diakon Brot verabreicht, dem Sand beigemengt war, und einmal hätte er ihm fast ein Ohr ausgerissen. Wenn es schon im Leben so komisch eingerichtet war, dass ein grausamer und betrügerischer Verwalter, der staatseigenes Mehl veruntreute, allgemeine Hochachtung genoss, dass außerdem ein ganzes Seminar für sein leibliches Wohl wie für sein Seelenheil betete, durfte man dann gerechterweise Menschen wie von Koren und Lajewski links liegen lassen, nur weil sie ungläubig waren? Der Diakon wollte eben an die Lösung dieses Problems gehen. Aber dann fiel ihm ein, wie spaßig Samoilenko gestern ausgesehen hatte, und das unterbrach seinen Gedankenfluss. Und was würde es heute erst für Gelächter geben! Der Diakon malt sich aus, wie er nachher als Zaungast unter einem Busch Platz nehmen wird. Und wenn heute bei Tisch von Koren großartig Bericht erstattet, dann lacht er, der Diakon, und gibt alle Einzelheiten des Duells zum Besten.

«Woher wollen Sie das denn wissen?», fragt der Zoologe. «Nur so. Ich war ja zu Hause, aber ich weiß!»

Großartig wäre auch ein drolliger Brief über das Duell. Wenn den sein Schwiegervater liest, hat er was zum Lachen. Denn der Schwiegervater braucht nicht viel leibliche Nahrung, aber was Drolliges hören oder lesen, das hat er für sein Leben gern.

Die Schlucht des Gelben Flusses tat sich auf. Der war vom Regen angeschwollen und wild, und er murmelte auch nicht mehr, er toste. Es wurde hell. Ein trübgrauer Morgen; Wolken, die eilig westwärts liefen, der Wetterwolke nach; nebelumkränzte Berge, triefende Bäume – der Diakon fand alles miteinander hässlich und ärgerlich. Er wusch sich an einem Bach, las die Morgenlitanei und sehnte sich nach Tee und heißen Krapfen mit Sahne, wie sie morgens beim Schwiegervater auf den Tisch kamen. Dann gedachte er seiner Diakonin und des Liedes «Unwiederbringlich»[81], das sie auf dem Piano zu spielen pflegte. Was für eine Frau ist sie eigentlich? Der Diakon hat sie kennengelernt, um sie geworben und sie geehelicht – alles innerhalb einer Woche. Dann hat er mit ihr gelebt, noch nicht mal einen Monat lang, und dann hat man ihn hierhergeschickt, sodass er heute noch nicht weiß, was sie eigentlich für ein Mensch ist. Aber doch findet er es trübselig ohne sie.

«Auch sie kriegt ein Brieflein», beschloss er.

Regenschwer klebte die Fahne auf dem Duchan am Mast; der ganze Duchan mit seinem nassen Dach wirkte niederer und dunkler als sonst. Eine Arba stand vor der Tür; Kerbalaj, zwei Abchasen und eine junge Tatarin in Pluderhosen – wohl Kerbalajs Tochter oder Frau – schleppten Säcke aus dem Duchan und verstauten sie unter Maisstroh in der Arba. Zwei Esel standen mit gesenkten Köpfen. Sobald die Säcke verladen waren, bedeckten die Abchasen und die Tatarin sie sorgfältig mit Stroh, während Kerbalaj hastig die Esel einspannte.

«Sieht nach Schmuggel aus!», dachte der Diakon. – Da lag auch schon der gestürzte Baum mit seinen dürren Nadeln. Hier der schwarze Fleck der Feuerstelle. Das Picknick fiel ihm ein, mit allen Einzelheiten: Lagerfeuer,

Gesang der Abchasen, süßer Traum von Bischofsstab und Prozession … Auch der Schwarze Fluss war stärker vom Regen, und schwärzer. Vorsichtig ging der Diakon über den schwanken Steg, den schon die schmutzigen Mähnen der Wellen streiften. Drüben erklomm er die Hühnerleiter zur Maisdarre.

«Ein Prachtskopf!», dachte er, als er sich auf dem Stroh ausstreckte und ihm von Koren durch den Sinn ging. «Wirklich ein Prachtskopf, der Herr schenke ihm Gesundheit. Freilich, allerhand Grausamkeit steckt schon drin … Warum nur hasst von Koren diesen Lajewski, und umgekehrt? Warum müssen sie überhaupt hier herumschießen?» Hätten sie von Kindesbeinen an Mangel gekannt wie der Diakon, wären sie aufgewachsen inmitten von Unwissenheit, Gier, Rohheit, unter Menschen, die einem jeden Bissen Brot vorwarfen, die grobe, rohe Manieren hatten, auf den Boden spuckten, beim Essen und sogar beim Beten rülpsten, wären sie nicht von Kind an verwöhnt durch bequemes Leben, erlesenen Freundeskreis – wie hätten sie zusammengehalten, wie hätten sie einander so herzlich gern ihre Mängel verziehen, die jeweiligen Vorzüge aneinander geschätzt! «Wie wenig Menschen auf der Welt gibt es, die auch nur äußerlich anständig sind. Und, so viel steht fest: Lajewski ist zwar ein Windbeutel und Lebemann und ein Phantast obendrein, aber er stiehlt nicht, er spuckt nicht auf den Boden, dass es spritzt, er beschimpft seine Frau nicht: ‹Fressen kannst du, aber sonst bloß faulenzen!›» Er würde kein Kind mit Riemen auspeitschen und seinem Gesinde kein verstunkenes Fleisch zu essen geben. War das vielleicht nicht genug, um Nachsicht zu üben? Außerdem litt er ganz gewiss selbst am allermeisten unter seinen Fehlern, wie ein Kranker unter seiner Wunde. Statt aus purer Langeweile und irgendwelchem Missverständnis jeweils bei seinem Partner nach Degenerationserscheinung, Untergangslust, Vererbung und derlei schwer verständlichem Kram zu wühlen – wäre es nicht besser für alle beide, sich ein bisschen zu bücken, Zorn und Hass dorthin zu lenken, wo ganze Straßenzüge laut stöhnen vor grober Unwissenheit, Gier, Gekeife, Schmutz, Flüchen und Weibergekreisch?

Räderrollen unterbrach die Überlegungen des Diakons. Durch den Türspalt erblickte er eine Kutsche mit drei Personen: Lajewski, Scheschkowski und den Vorsteher des Post- und Telegraphenamts.

«Halt!», rief Scheschkowski.

Alle drei stiegen aus, sahen einander an. «Noch keiner da», stellte Scheschkowski fest und versuchte den an ihm hochgespritzten Schlamm abzuwischen. «Wenn schon, soll der Platz wenigstens anständig sein. Hier kann man sich ja nicht rühren!»

Sie gingen flussaufwärts und waren bald nicht mehr zu sehen. Der tatarische Kutscher zog sich ins Wageninnere zurück, legte den Kopf zur Seite und schlief auch schon. Nach etwa zehn Minuten schlüpfte der Diakon aus dem Speicher, nahm seinen schwarzen Hut ab, damit man ihn nicht erkenne, und schlich gebückt und sich wiederholt umschauend durch Gestrüpp und Maisfelder, ebenfalls flussaufwärts, immer dicht am Ufer. Baum und Strauch überschütteten ihn mit dicken Tropfen, Gras und Maisstauden waren nass.

«Schmach und Schande!» Brummend schürzte er die durchnässten, verschmutzten Schöße seiner Kutte.

Bald vernahm er Stimmen und sah Gestalten. Lajewski hatte die Hände in die Ärmel gesteckt und ging gebeugt, hastigen Schrittes, auf einer kleinen Lichtung hin und her. Seine Sekundanten standen dicht beim Fluss und drehten sich Zigaretten.

«Seltsam», dachte der Diakon. Am Gang hätte er Lajewski nicht wiedererkannt. «Wie ein alter Mann.»

«Sehr unhöflich von den Herrn!», bemerkte der Postinspektor nach einem Blick auf die Uhr. «Vielleicht gilt es bei Studierten als nobel, wenn man zu spät kommt. Persönlich halte ich so was für 'ne Schweinerei!»

Gerade da horchte Scheschkowski, ein dicker Mann mit schwarzem Bart, auf. «Sie kommen!»

XIX

«Sehe ich zum ersten Mal in meinem Leben! Herrlich!» Von Koren betrat die Lichtung, hob beide Arme nach Osten. «Sehen Sie nur – richtig grüne Strahlen!»

Im Osten schossen hinter dem Gebirge zwei Streifen grünen Lichts empor – es sah tatsächlich schön aus. Dann ging die Sonne auf.

«Guten Morgen!» Der Zoologe nickte Lajewskis Sekundanten zu. «Ich komme doch nicht mit Verspätung?»

Ihm folgten seine Sekundanten Bojko und Goworowski, zwei blutjunge Offiziere in weißem Uniformrock, und der hagere, mürrische Doktor Ustimowitsch, der in einer Hand ein Bündel trug und die andere, wie üblich, mit dem Spazierstock auf dem Rücken hielt. Er legte das Bündel auf die Erde und ging, nunmehr beide Hände auf dem Rücken, hin und her, ohne irgendjemandem auch nur Guten Tag zu sagen.

Lajewski war matt und nervös, wie eben ein Mensch, der demnächst sterben soll und dadurch im Brennpunkt des allgemeinen Interesses steht. Er wollte nur noch möglichst rasch getötet oder aber nach Haus gebracht werden. Den Sonnenaufgang erlebte er zum ersten Mal. Morgenfrühe, grüne Strahlen, Nässe, Leute in durchweichten Stiefeln – all dies dünkte ihn überflüssig und sinnlos für sein Leben; es bedrückte ihn nur, stand in keinerlei Beziehung zu dieser kaum vergangenen Nacht, seinen Gedanken, seinem Schuldgefühl. Am liebsten wäre er ohne Duell fortgelaufen.

Auch von Koren war spürbar nervös, suchte dies aber zu verbergen, indem er tat, als seien ihm grüne Strahlen im Augenblick das Wichtigste. Seine Sekundanten wechselten verlegene Blicke, als wüssten sie weder über Grund noch Pflicht ihrer Anwesenheit Bescheid.

«Ich denke, meine Herren, wir brauchen nicht weiter zu suchen», begann Scheschkowski. «Der Platz ist günstig.»

«Ja, natürlich!» Von Koren war einverstanden. Schweigen. Plötzlich machte Ustimowitsch halt und eine scharfe

Kehrtwendung zu Lajewski. Halblaut und ihm ins Gesicht hauchend sagte er: «Wahrscheinlich hat man Ihnen meinen Tarif noch nicht mitgeteilt. Jede Partei zahlt mir fünfzehn Rubel. Bei Todesfall eines Duellanten zahlt der Überlebende dreißig.»

Lajewski kannte den Mann schon. Aber heute erstmalig sah er mit Bewusstsein die trüben Augen, den stachligen Schnauzbart und ausgemergelten Hals. Ein Wucherer, kein Arzt! Sein Atem roch aufdringlich nach Rindfleisch.

«Was es doch für Leute gibt!», dachte Lajewski. Laut sagte er nur: «In Ordnung.»

Der Doktor nickte und nahm seine Wanderung wieder auf. Offensichtlich hatte er das Geld gar nicht nötig, wollte nur seiner Gehässigkeit Luft machen. Jedermann fühlte, es sei höchste Zeit zu beginnen, vielmehr die Sache durchzustehen, aber keiner machte den Anfang, und keiner machte Schluss, sondern alles ging oder stand rauchend herum. Die jungen Offiziere, zum ersten Mal Zeugen eines Duells, hatten von diesem ihrer Überzeugung nach recht unnötigen Zivilistenhändel ohnehin eine geringe Meinung; jeder musterte aufmerksam seinen Uniformrock, strich die Ärmel glatt. Scheschkowski trat zu ihnen. Er sprach leise. «Meine Herrn, wir dürfen nichts unversucht lassen, damit dies Duell nicht stattfindet. Wir müssen die Gegner versöhnen.» Errötend fügte er hinzu: «Gestern war Kirilin noch bei mir und hat mir sein Leid geklagt. Lajewski habe ihn mit Nadjeshda Fjodorowna erwischt, na und so weiter.»

«Wir haben auch davon gehört», sagte Bojko.

«Na also, sehen Sie … Lajewski zittern ja die Hände und so weiter … Er ist ja nicht mal imstand, die Pistole zu halten. Sich mit so einem Gegner duellieren ist unmenschlich.

Man duelliert sich ja auch nicht mit Betrunkenen oder Typhuskranken. Wenn keine Versöhnung zustande kommt, meine Herrn, muss das Duell wenigstens verschoben werden, unbedingt. So 'ne Teufelei kann man ja gar nicht mit ansehen.»

«Sprechen Sie doch mit von Koren.»

«Ich kenne die Duellregeln nicht, der Teufel hole sie allesamt, und ich will sie auch gar nicht kennen. Aber vielleicht denkt er, Lajewski kneife und schicke mich deshalb zu ihm. Übrigens, wenn er darauf eingeht, spreche ich natürlich gern mit ihm.»

Scheschkowski ging zu von Koren hinüber, unschlüssig, leicht hinkend, als sei ihm ein Bein eingeschlafen; dabei räusperte er sich fortwährend. Er machte einen überaus lustlosen Eindruck.

«Ich habe Ihnen Folgendes mitzuteilen, mein Herr …», begann er, und starrte auf das Blumenmuster des Zoologenhemds. «Übrigens ganz vertraulich … Ich kenne die Duellregeln nicht, der Teufel hole sie samt und sonders, ich will sie auch gar nicht kennen. Ich spreche auch nicht als Sekundant und so weiter, sondern als Mensch, und überhaupt.»

«Schön. Und?»

«Im Allgemeinen hört man ja nicht auf den Versöhnungsversuch der Sekundanten, sieht darin nur eine Formalität. Eitelkeit und so weiter. Ich aber bitte Sie ganz ergebenst: Sehen Sie sich doch Iwan Andrejitsch mal genauer an. Er ist heute sozusagen gar nicht im Normalzustand; er ist ganz übel dran, gar nicht recht bei sich. Er hat Pech gehabt. Ich kann ja Klatsch absolut nicht ausstehen» – wieder wurde Scheschkowski rot, sah verlegen beiseite – «aber in Anbetracht des Duells muss ich Ihnen doch Mitteilung machen. Er hat nämlich gestern Abend im Haus von Mjuridow seine Madam überrascht mit … mit einem Kavalier.»

«Ekelhaft …», murmelte der Zoologe. Er war ganz blass, verzog das Gesicht und spuckte laut aus. «Pfui Teufel!»

Seine Unterlippe bebte, er trat von Scheschkowski weg, da er nicht weiterhören wollte. Als schmecke er plötzlich etwas Bitteres, spuckte er noch einmal laut aus und, erstmalig an diesem Morgen, schoss er einen hasserfüllten Blick auf Lajewski. Unsicherheit und Erregung waren weggewischt; er schüttelte den Kopf und sagte laut: «Ich frage mich, meine Herrn, worauf wir eigentlich noch warten. Weshalb fangen wir nicht an?»

Scheschkowski wechselte Blicke mit den Offizieren, hob die Schultern. «Meine Herrn!» Er sprach ebenfalls laut, aber ohne sich an jemanden zu wenden. «Meine Herrn! Wir schlagen Ihnen hiermit vor, sich zu versöhnen!»

«Wir wollen die Formalitäten rasch erledigen», erklärte von Koren. «Von Versöhnung war bereits die Rede. Noch irgendwelche Formalität? Bitte rasch, meine Herrn, die Zeit wartet nicht.»

«Wir weisen trotzdem erneut auf Versöhnung hin!» Scheschkowskis Stimme klang geradezu schuldbewusst, wie die eines Menschen, der sich widerwillig in fremde Privatangelegenheiten mischt. Er stand da, mit hochrotem Kopf, die Hand aufs Herz gelegt, und sprach weiter. «Meine Herrn, wir sehen keinerlei ursächlichen Zusammenhang zwischen Beleidigung und Duell. Eine Beleidigung, wie man sie nun einmal in menschlicher Schwäche einander zufügt, und ein Duell sind zwei total verschiedene Dinge. Sie sind beide zwei studierte, gebildete Leute, und natürlich betrachten Sie das Duell als alten Zopf und pure Formalität und so weiter. Auch wir betrachten es so und nicht anders, sonst wären wir nicht hergekommen; denn wir können nicht zusehen, wenn Menschen einander totschießen, und überhaupt.» Scheschkowski wischte sich den Schweiß vom Gesicht. Aber er sprach weiter. «Machen Sie Schluss mit diesem Missverständnis, meine Herrn. Reichen Sie einander die Hand, und dann fahren wir nach Haus und trinken auf die Versöhnung. Ehrenwort, meine Herrn!»

Von Koren schwieg. Als Lajewski alle Blicke auf sich fühlte, sagte er: «Ich habe nichts gegen Nikolaj Wassiljitsch. Wenn er findet, ich sei schuld, bin ich bereit, mich bei ihm zu entschuldigen.»

Da wurde von Koren böse. «Offensichtlich möchten Sie Herrn Lajewski gern als hochherzigen Ritter heimkehren lassen, meine Herrn, doch kann ich weder ihm noch Ihnen zu diesem Vergnügen verhelfen. Ich bin nicht in aller Frühe aufgestanden und zehn Werst gefahren, bloß um bei einer Schmauserei Versöhnung zu feiern und mir anzuhören, das Duell sei ein alter Zopf. Duell ist Duell, und man soll es nicht noch dümmer und verlogener machen, als es seiner Natur nach schon ist. Ich bestehe darauf, mich mit dem Gegner zu schießen!»

Es war ganz still. Bojko entnahm einem Etui zwei Pistolen, gab eine von Koren, die andere Lajewski. Dann kam es zu einem kurzen Zwischenspiel, das den Zoologen und seine Sekundanten erheiterte. Es stellte sich nämlich heraus, dass keiner der Anwesenden jemals einem Duell beigewohnt hatte; keiner wusste genau, wie man sich aufzustellen habe oder was Sekundanten tun und sagen müssten. Schließlich erinnerte sich Bojko irgendwie und gab lächelnd etliche Erläuterungen.

«Meine Herrn, erinnert sich jemand daran, wie die Sache bei Lermontow beschrieben ist?»,[82] fragte von Koren lachend. «Und bei Turgenjew schießt sich Basarow doch auch …»[83]

«Wozu das?», fuhr Ustimowitsch, stehen bleibend, dazwischen. «Messen Sie Distanz, das genügt.»

Dabei tat er drei Schritte, als wolle er ihnen zeigen, wie man Distanz misst. Bojko zählte sie schrittweise ab, und sein Kamerad zog den Degen und markierte damit auf dem Waldboden die äußersten Punkte als Barriere.

Alles schwieg, als die Gegner auf ihre Plätze gingen.

Wie die Maulwürfe, fiel es dem Diakon im Gebüsch ein.

Scheschkowski sagte etwas, Bojko gab erneut irgendeinen Hinweis. Aber Lajewski hörte nichts, vielmehr er hörte, begriff aber nicht. Als es Zeit war, spannte er den Hahn, hob die schwere, kalte Pistole an, den Lauf nach oben gerichtet. Er hatte vergessen, seinen Mantel aufzuknöpfen, der ihn jetzt an Achsel und Schulter stark behinderte. Sein Arm hob sich so mühsam, als stecke er in einem Ärmel aus Eisenblech. Sein Hass auf die sonnenverbrannte Stirn, das krause Haar fiel ihm ein. Er dachte, nicht einmal gestern, im Jähzorn und Hass, hätte er vermocht, auf einen Menschen zu schießen. Aus Angst, die Kugel könne von Koren vielleicht doch noch treffen, hob er die Pistole immer höher, wobei er genau wusste, die allzu großmütige Geste sei taktlos und im Grund schon keine Großmut mehr, aber er verstand es nun einmal nicht besser. Er sah in das bleiche, spöttisch lächelnde Gesicht von Korens, der keinen Augenblick bezweifelt hatte, sein Gegner werde in die Luft schießen. Lajewski dachte, jetzt gleich, Gott sei Dank, werde alles vorbei sein. Nur noch durchdrücken.

Er spürte einen harten Schlag gegen die Schulter, der Schuss krachte, und vom Gebirge kam das Echo zurück: pach – tach!

Jetzt spannte von Koren den Abzug. Er sah zu Ustimowitsch hinüber, der unablässig auf und ab ging, teilnahmslos, die Hände auf dem Rücken.

«Doktor», sagte der Zoologe, «haben Sie die Güte, nicht hin- und herzupendeln. Es flimmert einem ja vor den Augen.»

Der Arzt blieb stehen. Von Koren zielte auf Lajewski.

«Aus!», dachte Lajewski.

Diese unmittelbar auf sein Gesicht drohende Pistolenmündung, Hass und Verachtung in von Korens Stellung und Ausdruck, ein Mord, begangen am helllichten Tag von einem anständigen Menschen im Beisein anständiger Menschen, lautlose Stille und eine unbekannte Kraft, die Lajewski zwang, stehen zu bleiben, die ihm nicht erlaubte wegzulaufen – es war unheimlich und unfasslich. Die Zeit, die von Koren brauchte, um zu zielen, dünkte Lajewski länger als eine Nacht. Flehentlich sah er zu seinen Sekundanten hin, aber die standen starr und blass.

«So schieß doch!», dachte Lajewski. Er spürte genau – sein blasses, angstbebendes Gesicht musste von Korens Hass nur noch schüren.

«Jetzt schieße ich», dachte von Koren. Er hielt genau auf die Stirn des Gegners. Schon hatte er den Finger am Abzug. «Natürlich schieße ich …»

«Er schiie-ßt!», schrie jemand verzweifelt, aus nächster Nähe.

Da krachte der Schuss. Man sah, dass Lajewski nicht gestürzt war, sondern stand. Alle spähten in die Richtung, daher der Schrei gekommen. Der Diakon! Bleich, das Haar nassverklebt um Stirn und Backen, total durchweicht und dreckĂĽberzogen stand er am Ufer drĂĽben im Mais, lächelte verzerrt und schwenkte seinen triefenden Hut. Scheschkowski lachte vor Freude auf, aber dann musste er weinen und wandte sich ab.

XX

Kurz darauf trafen der Diakon und von Koren sich am Steg. Der Diakon befand sich noch immer in starker Erregung, atmete schwer und vermied es, dem andern in die Augen zu sehen. Jetzt war ihm seine Angst peinlich, und auch sein nasser, verschmutzter Aufzug.

«Mir schien tatsächlich. Sie wollten ihn totschießen», murmelte er. «Wider die menschliche Natur! Naturwidrig im höchsten Maß!»

«Wie sind Sie eigentlich hierhergekommen?», fragte der Zoologe.

«Ach, fragen Sie nicht!» Der Diakon winkte nur müde ab. «Der Böse hat mich verlockt: ‹Geh doch, geh!› Na, da bin ich gegangen. Und nachher im Maisfeld vor Angst fast gestorben. Aber jetzt – Gott sei Dank. Gott sei Lob und Dank ... Übrigens bin ich sehr zufrieden mit Ihnen», brummte der Diakon. «Und wie wird erst unsere Tarantel froh sein ... Einen Heidenspaß wird's geben. Nur, wenn ich gehorsamst bitten darf, erzählen Sie's keiner Seele, dass ich hier war, sonst kriegt mich die Obrigkeit beim Schlafittchen. Und am Ende heißt's noch: ‹Der Diakon war Sekundant.›»

«Meine Herrn!», rief von Koren. «Der Diakon bittet, Sie möchten niemandem sagen, dass er hier gesehen wurde. Er könnte Schwierigkeiten bekommen.»

«Völlig wider die menschliche Natur!», seufzte der Diakon. «Entschuldigen Sie gütigst, aber Ihr Gesicht sah aus, als wollten Sie ihn tatsächlich totschießen.»

«Ich war auch stark versucht, den Kerl umzulegen. Aber genau in dem Moment kreischten Sie los, und da fehlte ich. Übrigens ist diese ganze Prozedur widerwärtig, so ungewohnt. Ich bin schrecklich müde und schlapp. Kommen Sie, wir fahren!»

«Nein, lassen Sie mich zu Fuß gehen. Ich muss mich abtrocknen. Ich bin richtig steif und durchnässt.»

«Nun, wie Sie wollen.» Des Zoologen Stimme klang matt, geradezu erschöpft. Kaum saß er in der Kutsche, schloss er auch schon die Augen.

Solange die Herren ihre Plätze suchten und einnahmen, stand Kerbalaj am Weg, hielt sich mit beiden Händen den Bauch, verneigte sich tief und lächelte, dass man alle Zähne sah. Er hatte gedacht, die Herren seien herausgefahren, sich an der Natur zu erquicken und anschließend bei ihm Tee zu trinken, und begriff nicht, weshalb sie schon wieder einstiegen. In tiefer Stille fuhr die Karawane an. Einzig der Diakon blieb vor dem Duchan zurück.

«Duchan gehen, Tee trinken!», sagte er zu Kerbalaj. «Mich hat Hunger!»

Kerbalaj sprach recht gut Russisch, doch war der Diakon der Auffassung, dieser Tatare werde ein gebrochenes Russisch besser verstehen. «Rührei braten, Käse bringen …»

«Geh nur hinein, Pop!» Kerbalaj verneigte sich. «Ich bringe dir alles. Käse ist da, Wein ist da … Iss, was dir schmeckt!»

«Was heißt eigentlich ‹Gott› auf Tatarisch?», erkundigte sich der Diakon beim Hineingehen.

«Dein Gott und mein Gott – immer gleich.» Kerbalaj hatte die Frage nicht genau verstanden. «Gott ist für alle Leute gleich, bloß Leute sind anders. Manche sind Russen, manche sind Türken, und wieder andere sind Engländer. Leute sind viel. Aber Gott ist einer.»

«Na schön. Wenn aber doch alle Völker den gleichen Gott haben, warum seht ihr Muselmanen dann in den Christen euren Erzfeind?»

«Warum wirst du böse?» Kerbalaj umschlang erneut seinen Bauch. «Du bist Pop. Ich bin Muselman. Du sagst: ‹Ich will essen.› Ich bring dir. Nur reicher Mann macht Unterschied: ‹dein Gott, mein Gott›. Für arme Leute – egal. Und jetzt iss, wenn's beliebt.»

Während im Duchan dieses Religionsgespräch stattfand, fuhr Lajewski nach Hause. Er dachte an seine bange Fahrt im Morgengrauen – Weg, Fels und Berge nass und schwarz, die Zukunft unbekannt, grässlich, ein Abgrund. Jetzt aber funkelten Tropfen an Gras und Stein diamantengleich in der Sonne, die Landschaft lächelte, und alle grässliche Zukunft war schon Vergangenheit. Er sah Scheschkowskis vergrämtes Gesicht, noch Tränenspuren darauf; er sah vor sich die zwei Kutschen mit von Koren, Sekundanten und Arzt, und ihm schien, sie kämen von einem Friedhof zurück und hätten dort einen schwierigen, ja unerträglichen Menschen beerdigt, der jedermann daran gehindert habe, wirklich zu leben. «Vorbei!», dachte er. Es galt der Vergangenheit. Dann fasste er sich vorsichtig an den Hals. Rechts oberhalb des Kragens war eine geringfügige Schwellung, nicht länger und breiter als der kleine Finger. Es brannte, als sei jemand mit dem Bügeleisen darübergefahren. Hier hatte die Kugel gestreift.

Daheim begann ein langer Tag für ihn, seltsam süß, nebelhaft, unwirklich. Wie ein aus Kerker oder Spital Entlassener nahm er längst bekannte Gegenstände wahr; wunderte sich, dass Stuhl und Tisch, Fenster, Licht und Meer kindliche Freude in ihm weckten, wie er sie lange, lange nicht mehr gefühlt. Nadjeshda Fjodorowna, blass und mit eingefallenen Wangen, wusste sich seine sanfte Stimme und seltsame Art nicht zu erklären. Hastig erzählte sie ihm alles, was ihr widerfahren war. Ihr schien, er höre nur zerstreut zu oder begreife doch nicht; denn begriffe er einmal, er würde sie verfluchen und totschlagen. Er aber hörte sie wohl. Er streichelte ihr Gesicht, ihr Haar. Er sah ihr in die Augen und sagte: «Ich habe nur dich.»

Lange saßen sie eng aneinandergeschmiegt im Gärtchen. Sie schwiegen, oder sie bauten zusammen Luftschlösser zukünftigen Glücks, in kleinen, zärtlichen Sätzen. Ihm war, er habe seiner Lebtag noch nie so lange und schön gesprochen.

XXI

Seither waren über drei Monate vergangen. Der Tag kam, an dem von Koren abreisen wollte. Seit der Morgenfrühe fiel starker, kalter Regen, blies der Nordost. Schwere See. Man glaubte kaum, dass der Dampfer bei solchem Wetter anlegen würde. Dem Fahrplan nach war er gegen zehn Uhr morgens fällig, doch sah von Koren, der vor und nach Tisch zum Kai hinunterging, in seinem Fernglas nur graue Wellen und Regen, der den Horizont verhüllte.

Gegen Abend hörte der Regen auf, und der Wind flaute merklich ab. Von Koren hatte sich bereits damit abgefunden, heute nicht mehr wegzukommen; er saß mit Samoilenko über einer Schachpartie. Aber bei Anbruch der Dunkelheit meldete der Bursche, man habe auf dem Meer Lichter und eine Leuchtkugel erspäht.

Von Koren stand hastig auf. Er hängte sich seine Reisetasche über die Schulter, umarmte Samoilenko und den Diakon, ging ohne ersichtlichen Grund noch einmal durch alle Räume, verabschiedete sich vom Burschen und der Köchin und trat mit dem Gefühl vors Haus, er habe beim Doktor oder in seinem Quartier etwas liegen lassen. Ihm zur Seite ging Samoilenko, hinter ihnen der Diakon mit einer Kiste, und als Letzter der Bursche mit zwei Koffern. Nur dieser und Samoilenko vermochten trübe Lichter auf dem Meer zu erkennen; die anderen zwei spähten zwar scharf ins Dunkel, sahen aber nichts. Der Dampfer lag weit vor der Küste.

«Schnell, schnell!», trieb von Koren zur Eile. «Er fährt mir sonst noch weg!»

Aber als man an dem dreifenstrigen Häuschen vorbeikam, das Lajewski kurz nach dem Duell bezogen hatte, musste er doch einen Blick durch die Scheiben werfen. Lajewski saß, mit dem Rücken zum Fenster, vornübergebeugt am Tisch und schrieb.

«Ich kann nur staunen», sagte der Zoologe gedämpft, «wie der sich gewandelt hat!»

«Das ist auch zum Staunen.» Samoilenko seufzte. «So hockt er von früh bis spät und schuftet. Er will doch seine Schulden zahlen. Und er lebt ärmlicher als ein Bettler, sage ich dir.»

Kurze Zeit standen sie schweigend, der Zoologe, der Arzt und der Diakon, und sahen durchs Fenster. «Ist also doch nicht mehr losgekommen, der arme Kerl», sagte Samoilenko. «Weißt du noch, wie eilig er's hatte?»

«Wahrhaftig, wie der sich gewandelt hat!», wiederholte von Koren nur. «Seine Heirat, seine Schufterei ums tägliche Brot, ein ganz neuer Gesichtsausdruck, und sogar ein anderer Gang – das alles ist derart seltsam, wie soll ich sagen …» Er fasste Samoilenko beim Ärmel und fuhr, sichtbar erregt, fort: «Sag ihm und seiner Frau, ich habe noch bei der Abreise über ihn gestaunt, und ich wünsche ihnen alles Gute … und bitte ihn, er soll meiner nicht im Bösen gedenken, wenn möglich. Er kennt mich ja. Er weiß – hätte ich solchen Wandel ahnen können, ich wäre vielleicht sein bester Freund geworden.»

«Geh doch hinein. Sag ihm Lebewohl.»

«Nein. Das geht doch nicht.»

«Warum nicht? Gott weiß, vielleicht seht ihr euch nie wieder.»[84]

Der Zoologe überlegte kurz. «Eigentlich hast du recht.»

Samoilenko klopfte sacht ans Fenster. Lajewski fuhr hoch.

«Wanja, Nikolaj Wassiljitsch will dir Lebewohl sagen! Er reist ab.»

Lajewski stand auf, ging in den Flur, um zu öffnen. Samoilenko, von Koren und der Diakon traten ins Haus.

«Nur ganz kurz!», begann der Zoologe, während er im Flur die Galoschen abstreifte. Schon bereute er, seinem Gefühl nachgegeben zu haben und unaufgefordert hier zu stehen. «Zu dumm», dachte er, «sieht ja geradezu aufdringlich aus.» Doch folgte er Lajewski in dessen Zimmer. «Entschuldigen Sie die Störung», sagte er. «Aber ich fahre gleich ab, und ich konnte nicht einfach so vorbeigehen. Gott weiß, ob man sich wiedersieht.»

«Sehr erfreut ... ich bitte ergebenst ...» Lajewski schob ungeschickt ein paar Stühle hin; es sah aus, als wolle er seine Gäste an jedem weiteren Schritt hindern. Er selbst blieb mitten im Zimmer stehen und rieb seine Hände.

«Zu blöd, dass ich auch noch Zeugen mitgenommen habe!», dachte von Koren. Aber dann sprach er mit fester Stimme: «Gedenken Sie meiner nicht im Bösen, Iwan Andrejitsch. Natürlich kann man Vergangenes nicht vergessen, es ist zu traurig. Und ich will mich weder entschuldigen noch Ihnen versichern, ich sei nicht schuldig. Ich habe nach bestem Gewissen gehandelt und meine Überzeugung seither auch nicht geändert. Allerdings sehe ich erst jetzt, dass ich mich in Bezug auf Ihre Person geirrt habe, und das freut mich riesig. Aber auch auf geradem Weg kann einer straucheln. Das ist nun mal menschlich: Irrt man nicht im Allgemeinen, so doch im Besonderen. Die rechte Wahrheit kennt keiner.»

«Ja, die Wahrheit kennt keiner …», sagte Lajewski.

«Also, leben Sie wohl … Gott schenke Ihnen alles Gute!»

Von Koren streckte Lajewski die Hand hin; der nahm sie und verbeugte sich.

«Gedenken Sie meiner nicht im Bösen», sagte von Koren noch einmal. «Grüßen Sie Ihre Frau. Sagen Sie ihr, ich habe sehr bedauert, dass ich sie zum Abschied nicht mehr sehen konnte.»

«Sie ist zu Haus.»

Lajewski öffnete die Tür zum Nebenzimmer. «Nadja, Nikolaj Wassiljitsch will sich von dir verabschieden.»

Nadjeshda Fjodorowna trat ein, blieb aber an der Tür stehen und blickte scheu zu den Besuchern hinüber. Ihr Gesicht war schuldbewusst und erschreckt, und sie ließ die Arme hängen wie ein Schulmädchen, das getadelt wird.

«Ich reise, Nadjeshda Fjodorowna. Ich möchte Ihnen Lebewohl sagen.» Sie reichte ihm zögernd die Hand. Wiederum verbeugte sich Lajewski.

«Die Armen», dachte von Koren. «Dies neue Leben ist teuer erkauft.» – «Ich fahre nach Moskau und Petersburg; kann ich Ihnen irgendetwas besorgen?»

«Wirklich?» Nadjeshda Fjodorowna warf einen unruhigen Blick auf ihren Mann. «Mir fällt eigentlich gar nichts ein …»

«Nein, mir auch nicht …» Lajewski rieb immerzu seine Hände. «Aber grüßen Sie von uns!»

Von Koren wusste nicht, was er noch sagen könne oder müsse. Kurz vor seinem Besuch war er so sicher gewesen, er werde gut, herzlich und überzeugend sprechen. Schweigend drückte er Lajewski und seiner Frau die Hand. Und dann ging er bedrückt davon.

«Was für Menschen», murmelte der Diakon hinter ihm. «Mein Gott, was für Menschen! Wahrlich, Gottes Rechte hat diesen Weinberg gepflanzt. Herr mein Gott! Einer hat Tausende besiegt, der andere aber die Macht der Finsternis. Nikolaj Wassiljitsch!», sagte er stark bewegt, «wissen Sie, dass Sie heute den Erzfeind des Menschen, den Hochmut, besiegt haben?»

«Ach, Diakon, seien Sie still. Was sind wir schon für Sieger, er und ich. Sieger sehen aus wie Adler! Er aber sieht jammervoll aus, verschüchtert, verprügelt, und nickt wie ein chinesisches Götzenbild. Und ich … ich bin bloß traurig.»

Man hörte Schritte. Lajewski kam gelaufen, schloss sich dem Geleit an. Am Kai stand der Bursche mit den Koffern, und nicht weit davon warteten vier Ruderknechte.

«Wie das bläst! Brrr …» Samoilenko schüttelte sich. «Und draußen erst, huuh! Ach, Kolja, du hast dir aber auch ein Wetter ausgesucht!»

«Ich werde nie seekrank.»

«Nicht deshalb. Hauptsache, die Brüder hier kippen

dich nicht ins Wasser! – Wo ist das Polizeiboot?», schrie er die Ruderknechte an.

«Abgefahren, Euer Exzellenz.»

«Und das Zollboot?»

«Auch.»

«Warum ist das nicht gemeldet worden, ihr Hornochsen!»

«Ist doch egal. Reg dich nicht auf!», sagte von Koren. «Und jetzt leb wohl. Gott mit dir.»

Samoilenko umarmte von Koren und bekreuzigte ihn dreimal.

«Vergiss uns nicht, Kolja … Schreib! … Im Frühling kommst du wieder!»

«Leben Sie wohl, Diakon.» Von Koren drückte dem Diakon die Hand. «Dank für Ihre Gesellschaft und guten Gespräche. Und überlegen Sie sich die Sache mit der Expedition!»

«Lieber Gott, von mir aus bis ans Ende der Welt! War ich schon mal dagegen?»

Von Koren erkannte in der Dunkelheit Lajewski, streckte ihm wortlos die Hand hin. Die Männer standen schon unten und hielten das Boot fest, das gegen die Pfähle schlug, obgleich die Mole ja vor der eigentlichen Brandung schützte. Von Koren stieg das Reep hinab, sprang ins Boot und setzte sich ans Steuer.

«Schreib!», schrie Samoilenko. «Bleib gesund!»

«Keiner kennt die rechte Wahrheit», dachte Lajewski. Er schlug den Mantelkragen hoch, steckte die Hände in die Ärmel.

Das Boot bog rasch um den Landungssteg, schon hatte es das offene Meer gewonnen. Zeitweise verschwand es in einem tiefen Wellental, dann wieder wurde es auf den Kamm einer Woge gehoben, sodass Männer und sogar Ruder erkennbar waren. Es kämpfte sich drei Meter vorwärts, wurde zwei zurückgeworfen …

«Schreib!», schrie Samoilenko. «Dich reitet der Teufel … bei solchem Wetter!»

«Keiner kennt die rechte Wahrheit», dachte Lajewski und sah voll Sehnsucht auf das dunkle, wilde Meer.

«Das Boot wird zurückgeschleudert», dachte er. «Immer zwei Schritte voran, einen Schritt zurück. Aber die Leute sind hart, rudern unentwegt und fürchten keine Wellen. So kommt es doch vorwärts, immer vorwärts. Schon sieht man's nicht mehr. In einer halben Stunde können sie die Schiffslichter sehen. In einer Stunde sind sie am Fallreep. Genau wie im Leben. Bei der Suche nach der Wahrheit – zwei Schritte voran, ein Schritt zurück. Leid, Irrtum, Melancholie wirft unser Boot zurück, Lebenshunger, starker Wille treibt es vorwärts. Und, wer weiß, vielleicht kommt man einmal bis zur rechten Wahrheit …»

«Leb wo-ohl!», schrie Samoilenko.

«Nichts zu hören und zu sehen», sagte der Diakon. «Glückliche Reise!»

Wieder begann es zu regnen.

Anmerkungen

1 Die Anrede «Euer Exzellenz» gebührte in der alten Rangtabelle russ. Beamtentitel nur den oberen vier Rängen, der Staatsrat rangierte auf Rang fünf.

2 Stehender Begriff der russ. Geistesgeschichte; als literarische Vorbilder dieser desillusionierten und tatenarmen Charaktere, die ihre Existenz als überflüssig empfanden, gelten Alexander Puschkins (1799–1837) *Eugen Onegin* (1833), Michail Lermontows (1814–1841) *Held unserer Zeit* namens Grigori Alexandrowitsch Petchorin sowie verschiedene Protagonisten Iwan Turgenjews (1818–1883).

3 Anspielung auf Ideen, die Leo Tolstois (1828–1910) in seinen Werken *Anna Karenina* (1877) und *Kreutzersonate* (1889) ventiliert.

4 Herbert Spencer (1820–1903), engl. Soziologe und Philosoph, vertrat mit seiner «synthetischen Philosophie» das Ideal einer besseren, menschlicheren Gesellschaft, die durch den Evolutionismus zu erreichen sei.

5 Die militärische Eroberung des Kaukasus war Mitte der 1860er-Jahre abgeschlossen, dessen Kolonisierung zog sich aber noch Jahrzehnte hin.

6 Bibelparaphrase, gebildet aus Ex 20,9 («Sechs Tage sollst du arbeiten») und Gen 3,19: «Im Schweiße deines Angesichts sollst du dein Brot essen».

7 Das Gleichnis vom Weinberg, Jes 5.

8 Sprechender Name, abgeleitet von russ. *koren'*: «Wurzel», «radix», «radikal».

9 Altes russ. Flächenmaß, entspricht 1,0925 ha.

10 Prachtstraße in St. Petersburg.

11 Anspielung auf die bereits eingangs von Leo Tolstois *Kreutzersonate* verhandelten Themen Liebe, Zweisamkeit und Ehe.

12 Wassili Wassiljewitsch Wereschtschagin (1842–1904), russ. Kriegs- und Schlachtenmaler, dessen Gemälde *Unterirdisches Gefängnis in Samarkand*, auf das hier angespielt wird, in der Tretjakow-Galerie in Moskau hing.

13 Von Katharina II. «für alle Stände» gestifteter Orden, erneuert von Alexander I. «für bürgerliche Verdienste in Friedenszeiten».

14 Im Unterschied zu den Abchasen galten die Tscherkessen als besonders kriegslüsternes, verschlagenes und heimtückisches Volk.

15 Im 1. Teil, Kapitel 30, von Tolstois Ehebruchsroman.

16 Ende der 1880er-Jahre kam es zu einer strategischen Annäherung zwischen dem Zarenreich und Frankreich, die zu Lasten des Dreikaiserbündnisses zwischen Deutschland, Österreich-Ungarn und Russland ging.

17 William Shakespeares (1564–1616) gedankenschwerer Dramenheld Hamlet ist als Zauderer gezeichnet.

18 Schirmquallen.

19 Michail Semjonowitsch Woronzow (1782–1856), russ. Feldmarschall und Statthalter über Kaukasien, Generalgouverneur von Neurussland und Bessarabien.

20 Vermutlich Anspielung auf Alexander Puschkin, der von seinem Urgroßvater Abraham Petrowitsch Hannibal – einem afrikanischen Sklaven und Patenkind von Zar Peter dem Großen – krauses Haar geerbt hatte.

21 Werther- und Dandystaffage.

22 Anspielung auf Röm 2,6.

23 Kartenspiel zu viert, dem Whist verwandt.

24 Das System der Leibeigenschaft wurde im Zarenreich erst durch die Große Reform von 1861 abgeschafft.

25 Lord Byrons (1788–1824) tragischer Held im biblischen Drama *Cain. A Mystery* (1821).

26 Held des Turgenjew-Romans *Väter und Söhne* (1862).

27 Frz. «die Frau».

28 Süß-scharfe Sauce mit Rosinen, fein gehackten Mandeln und Warenje, einer zum Süßen des Tees verwendeten russ. Konfitüre.

29 Frz. Redewendung: «Sucht die Frau (dahinter)!»

30 Im Kaukasus beheimatete Art, die bis zu 6 cm lang wird und ihren Namen von einem walzenförmigem Hinterleib hat.

31 Affengesichter.

32 Lat. «Vermenschlichung», d.h. die Projektion menschlicher Eigenschaften auf Tiere oder Götter.

33 Anspielung auf Johann Wolfgang von Goethes (1749–1832) tragischen Weltergründer.

34 Arthur Schopenhauer (1788–1860), Vordenker des empirischen und metaphysischen Pessimismus.

35 Von Katharina II. 1754 abgeschafft, wurde sie nach dem Gesetzeskodex von 1832 nur für Quarantäneverbrechen und Kriegsverbrechen angewandt.

36 Spezifische Terminologie von Charles Darwin (1809–1882), dessen biologistische Lehren von Sozialdarwinisten auf die Gesellschaftslehre übertragen wurden.

37 Die Kaiserliche Universität Dorpat, 1632 von Gustav Adolf gegründet, 1802 von Zar Alexander I. neu begründet, in der Kreisstadt im russ. Ostsee-Gouvernement Livland war die höchste Bildungsstätte der Baltendeutschen. Während des 19. Jh. waren die Professoren in der Mehrzahl Deutsche, die nicht Russisch sprachen, und die Studenten kamen zumeist aus den sieben Gymnasien der deutsch geprägten Städte der Ostseeprovinzen Dorpat, Fellin, Mitau, Pernau, Reval und Riga, später Goldingen. Als 1866 gemäß kaiserlichem Ukas Russisch als Amtssprache für die Regierungsbehörden der Ostseeprovinzen eingeführt wurde, gelang es der Universität Dorpat, durchzusetzen, dass nur die Schreiben an den Universitäts-Kurator russisch abgefasst werden mussten. In den 1880er-Jahren verschärfte sich die Russifizierung allerdings weiter, und ab 1893 war Russisch als Lehrsprache verpflichtend.

38 Russ. Konfitüre zum Süßen von Tee.

39 Anspielung auf Jewgeni Abramowitsch Baratynski (1800–1844), einen bedeutenden Dichter der Puschkin-Zeit.

40 Kaukas. Wirtshaus.

41 Russ. «cernaja recka» und «zeltaja recka».

42 Zweiräderiger Karren.

43 In der orthodoxen Kirche Ehrentitel für Geistliche, die an bedeutenden Gotteshäusern oder in exponierter Stellung Dienst tun.

44 Im russ. Volksmärchen das Haus der Hexe Baba Jaga, vgl. den Prolog von Alexander Puschkins romantischem Märchen *Ruslan und Ljudmila* (1820).

45 William Shakespeares Liebestragödie.

46 Fragment aus dem Zweiten Gesang von Alexander Puschkins Verdichtung *Poltava* (1829).

47 Georg. Wein, benannt nach seinem Herkunftsort, einer Weinbausiedlung im Gouvernement Tiflis.

48 Vorsteher eines Klosters.

49 Griech. *panhagion*, rundes Medaillon mit Marienbildnis, das auf der Brust getragen wird und gleich der goldenen Mitra Zeichen der Bischofswürde ist.

50 Lat. *Repice de coelo Sancte Pater ex illius montis celsitudine in hujus vallis humilitatem* ... – altes Gebet zum hl. Philipp Neri.

51 Anspielung auf Ilja Repins berühmtes Gemälde *Kreuzesprozession im Gouvernement Kursk* (1883), das in Moskau in der Tretjakow-Galerie hängt.

52 Lat. «mit militärischer Gewalt».

53 Henry Morton Stanley (1841–1904), engl. Expeditionsreisender und Erforscher Zentralafrikas.

54 Anspielung auf das Grab des russ. Erforschers Zentralasiens Nikolai Prschewalski (1839–1888), der sterbend um ein Grab in der Wüste gebeten hatte und am Ufer des Sees Issyk-kul beerdigt wurde.

55 Die Stazione zoologica in Neapel und die von Russland in Villefranche-sur-Mer unterhaltene biologische Forschungsstation.

56 Alexei Araktschejew (1769–1834), russ. General und Kriegsminister unter Alexander I., nach dem Dekabristenaufstand 1825 entlassen, galt als Drillmeister der Nation.

57 Mt 8,16, auch Mk 9,42, Lk 17,2.

58 Die Zahl der Feiertage lag in Russland bei Weitem höher als in west-

lichen Ländern; bei 267 Arbeitstagen wurden 98 Feiertage begangen; als Staatsfeiertage galten der Namenstag der Kaiserin, das Geburtsfest des Kaisers, das Krönungsfest, der Geburtstag des Thronfolgers, der Namenstag der Kaiserin-Witwe u. a.

59 Kaliumbromatlösung.

60 Enziantinktur.

61 Fenchelwasser.

62 Der Ursprung der Anekdote um den dt. Kaiser Wilhelm I. konnte nicht ermittelt werden.

63 Anspielung auf den osman. General Abdul Kerim Pascha (1807–1883), der am Krimkrieg gegen die Russen teilnahm und 1876 zum Oberbefehlshaber der türk. Armee aufstieg.

64 Held des gleichnamigen Romans von Iwan Turgenjew.

65 Die von der Idee des Panslawismus beförderte systematische Zurückdrängung und Gleichschaltung nichtruss. Kulturen und schließlich die Durchsetzung des Russischen als Schul- und Amtssprache im gesamten Zarenreich, u. a. auch in den im Kaukasus eroberten Territorien, vorangetrieben vor allem unter Alexander III. und Nikolaus II.

66 Kartentisch, nach dem span. Kartenspiel L'hombre («der Mensch») benannt.

67 Abfällig für Kaukasier, Tatare.

68 Russ. *mjurid*, dt. «Muride», Anhänger einer mohammedanischen, 1828 gestifteten Sekte zur Auslöschung des Christentums, die bis 1860 im Kaukasus auf dem Vormarsch war.

69 Beide Orte – Noworossijsk, eine Hafenstadt an der nordöstlichen Schwarzmeerküste, und Nowi Afon, ein 1875 gegründetes, weitab jeglicher Zivilisation im Süden gelegenes Kloster, heute das abchasische Achali Atoni – stehen hier für «nichts wie weg, egal wohin».

70 Anspielung auf globale Kältetod-Phantasien des in Russland populären frz. Astronomen Camille Flammarion (1842–1925).

71 Frz. «Kunst um der Kunst willen».

72 Sprich: beim idealistischen Philosophieren der Deutschen.

73 Duelle wurden in aller Regel nur unter Adeligen ausgetragen, die qua ihres Standes als satisfaktionsfähig galten.

74 Anspielung auf die *Legende vom gewissenhaften Danila* von Nikolai Leskow (1831–1895), in der Danila [d.i. Daniel] im Zorn einen ungläubigen Schwarzen tötet. Als alle Kirchenmänner, die Patriarchen und sogar der Papst zu Rom, die Tat gutheißen, weil sie an einem Ungläubigen verübt wurde, bittet Danila, ihm die Bibelstelle zu zeigen, die Mord gestatte. Durch selbst auferlegte Buße und freiwillige Leiden gelangt Danila zur Erkenntnis, dass treue Befolgung der Lehre Christi und Dienst am Nächsten der Weisheit letzter Schluss seien. Von Koren spielt auf die Schlussszene an, in der Danila einen Aussätzigen pflegt.

75 Jak 2,17: «So ist auch der Glaube für sich allein tot, wenn er nicht Werke vorzuweisen hat.»

76 Duelle, im vorpetrinischen Russland unbekannt, wurden 1787 als Staatsverbrechen unter drakonische Strafen gestellt, sechs bis zehn Jahre Festungshaft oder Verbannung bei Tötung des Gegners, Tötung des Gegners ohne Zeugen wurde als vorsätzlicher Mord mit der Todesstrafe geahndet; einem Sekundanten drohten selbst bei unblutigem Ausgang ein bis zwei Jahre. Im 19. Jh. wurden Duelle nach den gleichen Rechtsnormen geahndet wie in Westeuropa, alles war bis in die geringste Eventualität geregelt; Annahme der Forderung – ein bis drei Tage Haft, nur wenn der Geforderte zum Duell geht; forderte ein Untergebener einen Vorgesetzten ohne dienstlichen Anlass – vier bis acht Monate Festungshaft oder ein Jahr und vier Monate Gefängnis; mit dienstlichem Anlass – Festung zwischen einem und vier Jahren usw.

77 Die Peter-und-Pauls-Festung, das berüchtigte Staatsgefängnis für Staatsverbrecher und politische Gefangene in St. Petersburg, auf einer Insel in der Newa.

78 Schlussverse des Gedichts *Erinnerung (Vospominanie)* aus dem Jahr 1828 von Alexander Puschkin.

79 – «… ist der Herr Zebaoth», Jes 6,3.

80 Richtig (auch in der russ. Bibel): «über den Wassern», Gen 1.

81 Kunstlied von Mili Alexejewitsch Balakirew (1836–1910).

82 Michail Lermontow, *Ein Held unserer Zeit,* 1841, dort im Tagebuch Pecorins [Prinzessin Mary], Eintragung vom 16. Juni.

83 Iwan Turgenjew, *Väter und Söhne,* 1862, Kap. 24 f.

84 «Wir werden uns nie wiedersehen», heißt es in der Duellszene im *Held unserer Zeit,* das erste Mal im Scherz und das zweite Mal im Ernst gesagt.

Nachwort

Anton Pawlowitsch Tschechow, Arzt und Dichter, war ein Mensch, der Jubiläen als überaus lästig empfand, gleichgültig, ob zu seinen oder fremden Ehren. «An den Puschkin-Feiern habe ich nicht teilgenommen. Erstens habe ich keinen Frack. Zweitens große Angst vor Reden. Sobald jemand beim Jubiläumsdiner zu einer Rede ansetzt, graut mir so, dass es mich förmlich unter den Tisch zieht … Ich fürchte mich schrecklich davor, dass man sein Champagnerglas steif in der Hand halten und vorschriftsmäßig dazu lächeln muss.»

Am Ende des Jahres 1886, das dem jungen Schriftsteller zum ersten Mal Lob und Tadel seriöser Kritiker brachte, klagte er: «Ich fühle mich wie ein Knochen, den man den Hunden vorgeworfen hat.»

Erst im Laufe der Jahrzehnte wurde deutlich, wie sehr sich der Dichter getäuscht hatte mit seiner Prophezeiung, man werde ihn nur kurze Zeit lesen. In Wirklichkeit ist er heute unverlierbarer Besitz von Amerika und Asien wie von Europa. Seine Stücke gehen über die Bühnen der Welt. Im Herzen seines Volkes wohnt er neben Puschkin, Tolstoi und Gorki. Sein Vaterland verwaltet dies Erbe mit größter Sorgfalt, hat sein Werk in über vierundfünfzig Millionen von Exemplaren, in fünfundsiebzig Sprachen verbreitet. Das Tschechow-Museum in Jalta wurde von der Schwester des Dichters bis zu ihrem Tod 1954 betreut.

Tschechows Leben verlief ohne große Ereignisse. Er wurde 1860 in Taganrog als Sohn eines Krämers geboren. Die Atmosphäre in der kinderreichen Familie ist düster – ewige Geldsorgen, väterliche Tyrannis aufgehellt nur durch Güte und Geduld der Mutter und durch ein früh entwickeltes mimisches Talent des Knaben Anton. Schon bald muss der Vater, bankrott, seinen Kaufladen schließen; die Familie zieht nach Moskau, zunächst ohne Anton, der allein zurückbleibt und sich bis zur Abschlussprüfung am Gymnasium mit Privatstunden durchschlägt. Dann übersiedelt auch er nach Moskau und nimmt, als Neunzehnjähriger und zeit seines Lebens, die Verantwortung für die große und teilweise recht unbekümmerte Verwandtschaft auf sich. Neben eifrigem Studium schreibt er unermüdlich Skizzen und Kurzgeschichten, oft für Witzblätter, von Anfang an im Kampf gegen eine schwache Gesundheit, bald gegen offene Lungentuberkulose, immer unter Zeitdruck, «schuftend wie ein Knecht», und durchaus nicht geschäftstüchtig. Die meisten Arbeiten jener Zeit sind flüssig geschrieben, erfassen treffend Menschen und Situationen. Aber der junge Autor ist nicht glücklich dabei. Zucht und Sorgfalt, die ihm unerlässlich scheinen, leiden unter dem erzwungenen Tempo, und er gibt zu, dass er Bilder und Gedanken, die ihm am Herzen liegen, ängstlich aus der Arbeit heraushält. Ein Brief des Schriftstellers Grigorowitsch macht diesem Zustand ein Ende: Tschechow bekommt Mut zu sich selber, trennt sich von seinem Pseudonym, verwirklicht lang gehegte Pläne. Aber die doppelte Anspannung bleibt. Nach Abschluss des Studiums praktiziert er als Landarzt im Gouvernement Moskau und wird stetiger Mitarbeiter der Zeitschrift *Nowoje Wremja*. Von da an reißt die Kette wunderbarer Novellen nicht mehr ab: *Die Steppe*, *Eine traurige Geschichte*, *Das Duell*, *Krankenzimmer Nr. 6*, *Meine Frau*, *Drei Jahre*, *Mein Leben*, *Bauern*, *Die Dame mit dem Hündchen*. Das Jahr 1888 bringt ihm für eine Novellensammlung den Puschkin-Preis, 1889 den ersten Triumph auf dem Theater mit *Iwanow*. Ein Jahr später unternimmt er die überaus anstrengende Reise nach der Verbrecherinsel Sachalin, einfach weil ihm das als grauenhaft geschilderte Elend der Sträflinge keine Ruhe lässt. Er prüft die Zustände an Ort und Stelle. Nach der Rückkehr entsteht *Die Insel Sachalin*, ohne literarische Ambition, ursprünglich als Dissertation geplant; als Zeitbild, Statistik, Kritik von höchstem Wert, dazwischen Einsprengsel reiner Poesie, klassisches Reisetagebuch. Übrigens bewirkte Tschechow tatsächlich, wenn auch indirekt, eine gewisse Lockerung innerhalb der grausamen Strafjustiz auf Sachalin.

Nach dem Erwerb des kleinen Gutes Melichowo bei Moskau hört er nicht auf, sich um das zu jener Zeit durch Hungersnot und Choleraepidemie verschärfte bäuerliche Elend zu kümmern. Er richtet ärztliche Betreuungsstellen ein, baut Schulen, geht in materieller Hilfe und in Ausübung seines Berufes bis zur äußersten Grenze des Möglichen. Einige harte Schläge treffen ihn: der groteske Misserfolg seines Dramas *Die Möwe* in Petersburg, bald darauf ein Blutsturz. Da Reisen ins Ausland nur geringe Linderung bringen, muss Tschechow von 1899 an fast immerzu im milden Schwarzmeerklima leben. So verkauft er Melichowo und siedelt sich in Jalta an. Beglückende Freundschaften fallen in diese Zeit, vor allem die mit Maxim Gorki. Im Frühjahr 1901 heiratet er die schöne und kluge Schauspielerin Olga Leonardowna Knipper, Trägerin der großen Frauenrollen in seinen Dramen, die mittlerweile ihren Siegeszug angetreten haben. Aber schon neigt sich sein Leben dem Ende zu. Erfahrung von körperlichem Schmerz und Alleinsein – Olga bleibt mit ihres Mannes Einwilligung an der Bühne in Moskau – prägen die letzten Novellen *In der Schlucht*, *Der Bischof*. Mit seiner jungen Frau reist er nach Süddeutschland, und dort, im kleinen Kurort Badenweiler, stirbt Anton Tschechow im Sommer 1904, erst vierundvierzig Jahre alt.

Man hat eine Weile gebraucht, um zu erkennen, wie hart das Leben war, das sich unter diesen Daten verbirgt, und wie tapfer es gemeistert wurde. Anton Tschechow ist wenig erspart geblieben. Alle materiellen Sorgen, alle Pflichten wurden noch schwerer durch die Krankheit, über deren Art und Dauer er schon als Arzt keine Illusionen hatte. Viele Photographien zeigen ihn als Kurgast wider Willen, erschöpft, im Liegestuhl, fiebernd auf dem Diwan in seinem Studierzimmer. Dabei war er durchaus nicht zur Askese geschaffen. Er liebte das Stadtleben, elegante, geistreiche Gesellschaft, Theater, Musik, spöttelt über seinen Hang zu teuren Krawatten und Parfüm, und so empfindet er die Jahre auf der Krim als Exil – «ohne

Frauen, ohne Kaviar», doppelt bitter nach kurzen Aufenthalten in der Stadt: «Man wird mich wohl wieder in den Sumpf jagen.» Er liebte auch das Landleben, aber in Melichowo zwangen ihn Sippe und zahllose Besucher, in einer Art Klause im Garten zu arbeiten, auch hier noch durch vielfache Störung und die gewissenhafte Ausübung seiner ärztlichen Praxis unterbrochen.

Allerdings hat Anton Tschechow auch niemals versucht, sich als Mensch und Künstler irgendetwas Schweres oder Schlimmes zu ersparen. Er verlangt von sich und von jedem gebildeten Menschen offene Augen für die Wirklichkeit, unermüdliche Arbeit, Disziplin, Mut in jeder Form. Er selbst hat nie aufgehört, zäh und hart zu arbeiten, an sich und an dem, was er als notwendiges Werk erkannt hatte. Das Wort «Arbeit» kehrt immer wieder, nicht nur in dem berühmten, ebenso liebevollen wie eindringlichen Brief an seinen Bruder Nikolaj. Ein Mensch, der nicht an sich arbeitet, soll sich nicht gebildet nennen; ein Arzt, der nicht unablässig um Vertiefung seines Wissens bemüht ist, verdient den Namen nicht. Der Ästhet Tschechow schreckt nicht vor der gehäuften Hässlichkeit zurück, die der Arztberuf mit sich bringt. Der kranke Tschechow scheut keine Strapaze, um den Dingen auf den Grund zu kommen. Im Gegensatz zu der trägen Indifferenz der oberen Schichten – selbst sein Verleger und Freund Suworin hatte kein Verständnis für den Plan – unternimmt er das Wagnis der Sachalinreise, nachdem ihm deren Notwendigkeit aufgegangen ist. («Ich bedauere, dass ich nicht sentimental bin, sonst würde ich sagen, dass wir nach Orten wie Sachalin fahren müssten, wie die Türken nach Mekka fahren.») Er quält sich quer durch Asien, durch Schneesturm, Überschwemmung, Schlamm, Wildnis, barbarische Unterkünfte bis zur Insel der Verdammten, geht in jede einzelne der trostlosen Hütten, erfasst in einer Kartei Tausende von Sträflingen, ist Zeuge einer Auspeitschung und bleibt tagelang krank davon. Übrigens gewinnt er, wie Beamte der Gefängnisse berichteten, rasch das Vertrauen sogar bösartiger und verstockter Häftlinge. Seine besondere Liebe gilt den Kindern, die unter furchtbaren Verhältnissen aufwachsen. Neben der Tapferkeit, Schweres zu ertragen und anzugehen, besitzt er in hohem Maß Zivilcourage. Er steht zu Dreyfus, und als im Jahr 1902 die Wahl Maxim Gorkis zum Ehrenmitglied der Akademie durch den Zaren widerrufen wird, verzichtet Tschechow, zusammen mit Korolenko, auf die eigene Ernennung.

Vom Künstler verlangt er jene Eigenschaften, die nach seiner Überzeugung die wahre Bildung eines Menschen ausmachen, in besonders hohem Maß. Im Übrigen fürchtete er sich vor dem Wort «künstlerisch» «wie die Kaufmannsfrau vor dem Gespenst», und alle Gespräche über das Künstlerische schienen ihm «Fortsetzung jener scholastischen Gespräche, welche die Menschen im Mittelalter so ermüdet haben». Oberstes Gebot ist auch hier das der Wahrhaftigkeit. «Eine bessere Polizei für die Literatur als die Kritik und das eigene Gewissen des Autors werden Sie nicht finden. Man macht doch seit der Erschaffung der Welt Erfindungen, aber etwas Besseres hat man noch nicht erfunden.» Seinen schriftstellernden Bruder ermahnt er: «Denke dir keine Leiden aus, die du nicht erfahren hast, und zeichne keine Bilder, die du nicht gesehen hast.» Zur Erfassung und Wiedergabe der Wirklichkeit gehört Mut, auch der, Schmutz anzufassen. «Ein Schriftsteller ist doch kein Konditor, kein Kosmetiker und kein Conférencier, sondern ein Mensch mit Pflichten, der sich gebunden fühlt durch sein Gewissen. – Natürlich gibt es Menschen, die sogar durch Kinderbücher verdorben werden, die mit besonderem Genuss sich aus dem Psalter und den Sprüchen Salomonis pikante Stellen heraussuchen. Es gibt aber auch solche, die umso sauberer werden, je mehr sie den Schmutz des Lebens kennenlernen. Publizisten, Juristen und Ärzte, in alle Geheimnisse menschlicher Sünde eingeweiht, sind darum noch nicht unmoralisch. Die realistischen Schriftsteller sind häufig moralischer als die Archimandriten. Und im Übrigen vermag keine noch so zynische Literatur das Leben zu übertrumpfen; mit einem Glas Schnaps kann man einen Menschen nicht berauschen, der schon ein Fass leer getrunken hat … Für den Chemiker gibt es auf Erden nichts Schmutziges. Der Schriftsteller muss so objektiv sein wie der Chemiker und wissen, dass die Misthaufen in der Landschaft eine sehr achtbare Rolle spielen und dass die bösen Leidenschaften zum Leben gehören wie die guten.»

Freilich, größeren Mut noch als die Darstellung der Misthaufen verlangt die Wirklichkeit da, wo sie grau und monoton ist, illusionslos, spießbürgerlich, penetrant und sinnlos, ganz und gar unheroisch. Tschechow weiß und zeigt, um wie viel leichter die Ausnahmesituation bewältigt wird als der Alltag. Er zeigt die Trostlosigkeit, als ausweglos oder wieder ausweglos gewordene Situation, oder als müden Trott.

Seine Zeitgenossen, sogar Tolstoi, haben ihm das Fehlen «positiver Helden» vorgeworfen. Er verteidigt sich: «Warum soll der Held durchaus auf eine einzige Leidenschaft, auf ein einziges Gefühl ausgerichtet sein und nicht einfach ein intelligentes Wesen darstellen, das alle Empfindungen und alle Gefühle mit verschiedener Intensität erlebt? ... Im Leben jagt man sich nicht an jeder Ecke eine Kugel durch den Kopf, erhängt man sich nicht allerwärts, erklärt man nicht bei jeder Gelegenheit seine Liebe, äußert nicht fortwährend tiefe Gedanken. Nein! Meistens isst und trinkt man, flirtet und sagt Dummheiten. ... Bekanntlich ist die Menschheit zum größten Teil nervös, ihre Mehrheit leidet, eine Minderheit fühlt das Leiden als stechenden Schmerz. Wo aber, auf der Straße, in den Häusern, sieht man Leute pausenlos herumlaufen und sich an den Kopf fassen?» Naturgemäß, als Arzt und als Patient, kommt Tschechow immer wieder auf ein Thema zurück: den Menschen, der körperlich und seelisch leidet, der überfordert, erschöpft, ausgebeutet, ausgehöhlt ist.

Seine Darstellungsweise ist feinnervig und exakt, die Beschäftigung mit den Naturwissenschaften hat ihn vieles gelehrt. Daneben übt er die hohe Kunst der sparsamen und der indirekten Schilderung, des Weglassens von allem Überflüssigen oder auch nur Überdeutlichen. Bequem aneinandergereihte Beiworte, breit zerfließende

Bilder sind ihm zuwider. Jungen Autoren, die ihn um Rat fragen, empfiehlt er immer aufs Neue Kürze, Zucht, auch in den scheinbar unwichtigen Dingen, Sorge um die Musikalität des Satzes, um Schlichtheit der Diktion. «Die Interpunktionszeichen muss man richtig und literarisch setzen, weil diese Zeichen im belletristischen Werk oft die Rolle von Noten spielen und man sie nicht nach einem Lehrbuch erlernen kann, sondern dafür sind Fingerspitzengefühl und Erfahrung nötig. … Am besten vermeidet man die Beschreibung des seelischen Zustandes des Helden und bemüht sich, ihn aus seiner Handlungsweise verständlich zu machen.» – «Ihre Erzählung verschwindet ganz unter der Menge der Landschaftstrümmer, die haufenweise aufgetürmt sind.» – «Werfen Sie die Wörter ‹Ideal› und ‹Impuls› hinaus!»

Wie hat gerade er, jahrelang an der Küste lebend, gleichsam auf die Gesellschaft des Meeres angewiesen, immer wieder sich um dessen Schilderung bemüht, und doch bezeichnet er als schönste und zugleich gültigste die aus einem alten Schulheft: «Das Meer ist groß.» Dringend warnt er die Jungen vor jeder Art des Sich-gehen-Lassens und vor Grobfädigkeit: keine unnötig schrillen Laute, keine unnötig grellen Farben, keine leidenschaftliche Parteinahme des Autors. Unermüdlich mahnt er zu subtiler Kunst: «Das Leiden muss man so darstellen, wie es sich auch im Leben darstellt, das heißt nicht mit Händen und Füßen, sondern durch Ton und Blick, nicht durch Gestikulieren, sondern durch Grazie. Feine seelische Regungen, die intelligenten Menschen eigen sind, muss man auch äußerlich fein darstellen.» Seinem Freund Gorki, den er auch als Dichter so hoch schätzte, empfiehlt er ebenso scherzhaft wie deutlich, bei der Korrektur seiner Geschichten die allzu vielen «Hundesöhne» und «Schufte» nicht zu schonen.

Übrigens wird auf der Folie gerade dieser herzlichen Freundschaft zwischen den beiden Dichtern, die so vieles an Überzeugung und Streben miteinander verband, Tschechows zarte Eigenart besonders deutlich. Schon von Natur lag es ihm nicht, laut und heftig zu sein. Jahrelang fügte er, nur halb ironisch gemeint, seinem Pseudonym hinzu: «Ein Mensch ohne Galle.» Dazu kam teils erzwungene, teils bewusst geübte Disziplin. Wie mag es ihn gefreut, gerührt und auch ein wenig amüsiert haben, als Gorki ihm leidenschaftlich seine Bewunderung zum Ausdruck brachte, indem er schrieb, er habe über seinen Büchern geweint, gelacht und getobt wie ein Wolf in der Falle! Selbst für gewisse äußere Dinge bei Tschechows Tod, die Gorki in fassungslose Empörung versetzten – des Dichters sterbliche Hülle wurde in einem entsprechend beschrifteten Kühlwaggon für Austern von Deutschland in seine Heimat übergeführt und dort mit Militärmusik empfangen, die freilich nicht ihm, sondern dem zufällig zur selben Zeit aus der Mandschurei eintreffenden Sarg eines Generals galt –, selbst für sie hätte Anton Pawlowitsch nur ein verständnisvolles und belustigtes Lächeln gehabt. Maxim Gorki, verletzlich, heftig und stark, blieb im Grund seines Wesens immer ein Kämpfer. Anton Tschechow, verletzlich, zart und kompliziert, war keine Kämpfernatur, aber darum nicht weniger stark. Und überdies, am Ende seines kurzen Lebens, wahrhafter Weisheit teilhaftig.

Stark, wie er selbst war, wurde allmählich auch seine Wirkung. Freilich konnte gerade seine Besonderheit Grund zu falscher Einschätzung sein. Man denke an den Vorwurf allzu großer Objektivität und Leidenschaftslosigkeit, sogar von Suworin erhoben. Vor allem aber an die Legende von dem wirklicher Liebe nicht fähigen Tschechow. Verwundert und schmerzlich berührt hat er sich zu Bemerkungen dieser Art geäußert, konnte nicht begreifen, wie man ihn für kalt, für einen Pessimisten, für den Gestalter ausschließlich düsterer Naturen hielt. Im Hinblick auf beide Partner ist auch seine Ehe oft ungerecht beurteilt worden, wozu allerdings seine leichte, ironische Art, Dinge zu streifen, die ihn in Wirklichkeit tief bewegten, verführen mochte, etwa der viel zitierte Satz, er wolle ein ausgezeichneter Ehemann sein, vorausgesetzt, man finde ihm «eine Frau, die, wie der Mond, nicht jeden Tag an meinem Himmel erscheint». Inzwischen sind zahlreiche Briefe aus Jalta an Olga veröffentlicht worden, manche mit witzigen oder auch rührenden Miniaturzeichnungen geschmückt: unzählige Bitten um mehr und ausführliche Briefe von ihr, innige Freude über ihren Erfolg und über die Aussicht auf das nächste Zusammensein, Teilnahme an ihrer und der Theatergruppe Arbeit, Anweisungen, Ratschläge, Trost, Sorge um ihre Gesundheit, inständige Bitten, sie möge sich schonen; dazwischen sparsame Berichte über sein eigenes schlechtes

Befinden, über Einsamkeit, Blumen und Tiere in seinem Garten. In diesen Blättern ist so viel Sehnsucht, so viel Liebe. Freilich verhalten, still, oft verschwiegen, aber umso eindringlicher.

Vielleicht ist es gerade die Zeit, in der wir leben – laut und indiskret, angewiesen und versessen auf grobe Effekte –, die uns für die Kunst Tschechows besonders dankbar sein lässt. So mag er, lächelnd, auch dies noch hingehen lassen, dass sein Wunsch, man möge ihn doch ja nicht weiterhin ins Deutsche übersetzen, missachtet wird.

Anne Bock

Inhalt